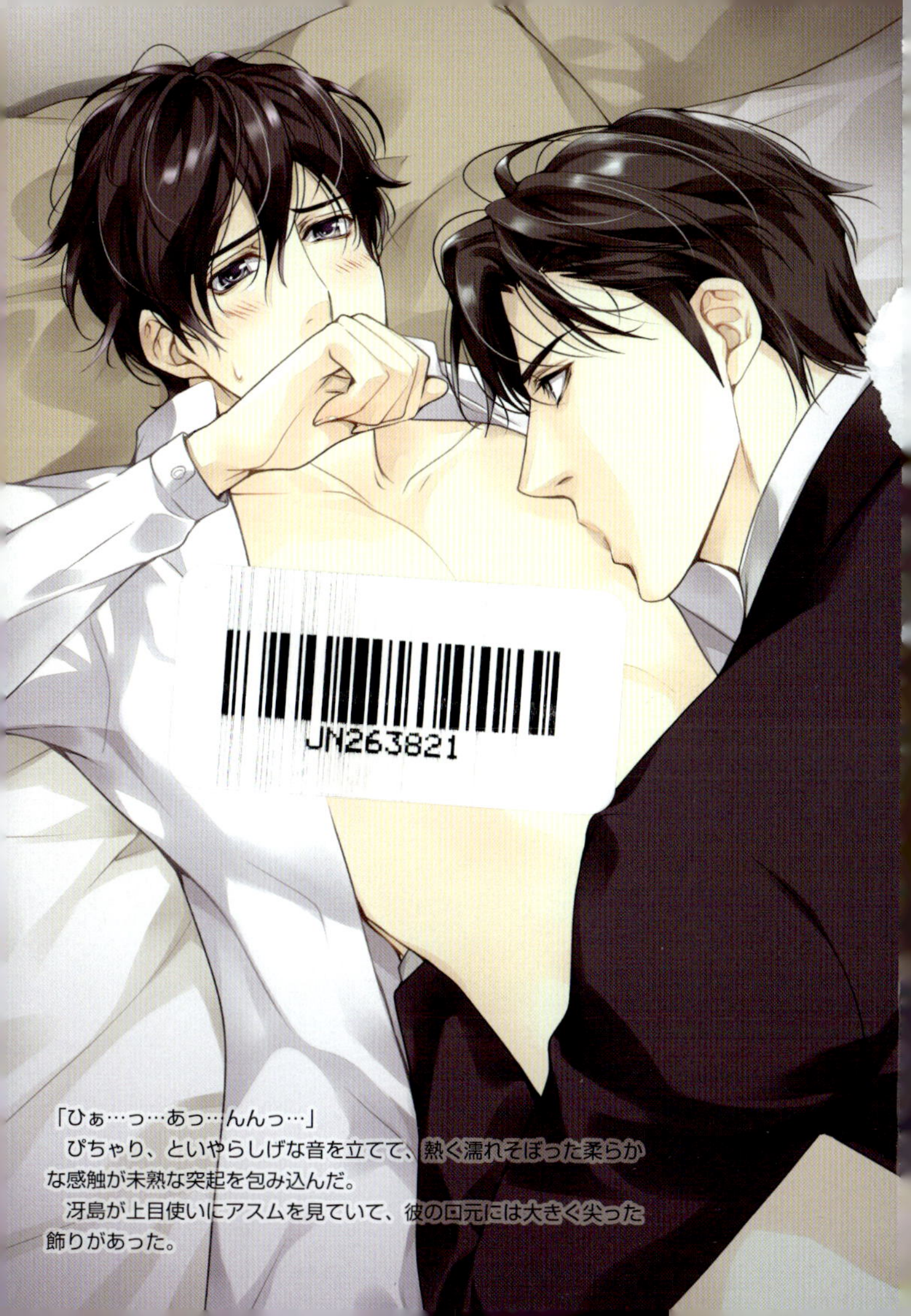



「ひぁ…っ…あっ…んんっ…」

　ぴちゃり、といやらしげな音を立てて、熱く濡れそぼった柔らかな感触が未熟な突起を包み込んだ。

　冴島が上目使いにアスムを見ていて、彼の口元には大きく尖った飾りがあった。

BUNKO

# 殿下の初恋

葉月宮子

この物語はフィクションであり、実在の人物・
団体・事件等とは、いっさい関係ありません。

Rose Key BUNKO

# CONTENTS

イラスト・タカツキノボル

# 殿下の初恋

# プロローグ

　ババラク王国は東南アジアに位置する小国で、インド洋を中心に広がる大海の東に面し、昔からビーチリゾートのメッカとして日本人にも人気が高い。

　以前は観光を主な産業としていたが、ここ数年で急速に近代化が進み、急成長を遂《と》げる新興国として注目を浴びている。


「間もなく離陸いたします、殿下」

　キャビンアテンダントの制服に身を包んだ女性が、フルフラットになる広々としたリクライニングシートに畏《かしこ》まって座るアスムに声を掛けてくる。小柄な身体は、立派なシートに埋もれてしまいそうだった。

「日本までは九時間程で到着いたします。御用がございましたら、何なりとお申しつけ下さいませ」

　搭乗前に、キャビンの責任者だと言って挨拶してきた女性だ。

「は、はい…よろしくお願いします」

緊張した面持ちで、アスムは肯《うなず》いた。飛行機に乗るのが初めてという訳ではない。王立の複合企業アラウグループの総帥という立場柄、国内外を飛行機で移動する機会は多い。

今回の場合は目的地が日本ということが重要なのだ。

日本という国はアスムにとって特別思い入れの深い国である。

アスム＝ディー＝アラウはバブラク王国の第三皇子だが、母は日本人だった。二十四年前母はバブラクに旅行にやってきて、アスムの父であるバブラク王国・国王ズマライ三世に見初められたのだ。アスムというのは母が付けてくれた名前で、日本語では『明日夢』と書く。

すでに父には正妃と二人の皇子がいたが、父の熱心な求婚に母が折れる形で妾妃となり、アスムを産んだ。その母も六年前に病気で亡くなってしまったが、母が生まれ育った国を一度この目で見たいと思っていたアスムにとって、今回の日本訪問は願ってもない機会だった。

もちろん今回の日本訪問が、アスムが総帥を務めるアラウグループが日本進出を果たす為のものだということは分かっている。

そして、アスムにはもう一つぜがひでも日本に行きたい理由があった。日本に会いたい人がいるのだ。

その人の名前は冴島雅人《さえじままさと》、日本の外務省に勤める役人で、六年前はバブラク王国の日本大使館に勤務していた。彼と会ったのは一度っきりで、もしかしたら彼の方は覚えていないかもしれないが、アスムは今でもはっきりと思い出すことができる。

六年前はアスムにとって、とても大変な時期で、色々なことがあった。その最たるものが母を病気で亡くしたことだが。

アスムの母は異国から迎えた妾妃ということもあり、王宮では微妙な立場だったが、父と母はアスムの目から見る限りでも仲睦まじくて、父も母もアスムのことをとても可愛がってくれた。

しかし、その母が亡くなったことで、アスム自身王宮の中で微妙な立場となり、孤立することになった。正妃が産んだ二人の兄は元からアスムのことを疎《うと》ましく思っていて、誰も味方がいない王宮での生活は辛かった。

そんな時、一人の日本人と出会ったのだ。それが冴島だった。バブラクの日本大使館に勤務する冴島は時折王宮に出入りしていたようだが、アスムが彼と会ったのはその時が初めてだった。王宮の庭で初めて会った冴島はエリート然としていて、その端整すぎる顔立ちに最初は冷たい印象を受けたが、実際話してみると、心の温かな、とても思いやりの深い人物だと知った。

今にも心が折れそうだったアスムを励ましてくれ、そして力強い言葉で勇気づけてくれた。

『生きていく上で、これからも辛いことは幾度となく起こるでしょう。殿下のように高貴なお立場なら尚更です。ですが、人は立ち止まってばかりはいられません。その足で、一歩ずつ進んでいかなければなりません』

『でも、どうしても進めなくなったら、その時はどうしたらいいのですか?』

その時のアスムは母を亡くしたこともあって、深く傷ついていた。

『その時は、少し休めばいいのです。一歩進んで疲れたら休んで、逆に三歩下がることになってもよろしいではありませんか』

『休んでもいいのですか？』

決して彼の言葉は押しつけがましくなく、それでいてアスムに立ち上がる勇気をくれた。

『はい、焦《あせ》る必要はございません。人は前に進む意志さえ失わなければ、いつかは必ず目的の場所に辿り着けます。たとえ何年、何十年掛かっても…』

その時のアスムは確かに冴島の言葉に救われたのだ。

そして、冴島の言葉通り、時間は掛かったが、母の死を乗り越え、前に進む勇気を得たアスムは、国の為に自分ができることを探した。

ちょうどバブラクは近代化への道を歩み始めたところだった。観光業だけではいつか国は廃れてしまう。アスムは迷わず大学で経済学を専攻した。経営のノウハウを学び、その知識を生かすことを考える。そして王家が中心となって新しい産業を起こし、第三皇子であるアスムが王立の複合企業グループの総帥の座に就いたのが二年前だった。

航空機がターミナルを出発し、地上滑走に入る。滑走路の端まで進んで、一旦停止した。

最近では、飛行機で移動する際は専用機が使用されるが、アスムには贅沢《ぜいたく》すぎる気がした。

あくまで近代化が進んでいるのは首都トールヤーライの近辺だけで、郊外ではまだ農業で生計を立てている国民も多い。

間もなく離陸した航空機の窓から、アスムは眼下に広がるバブラク王国の街並みを見た。

国の北部には東西に火山脈が走っていて、肥沃な土地となっている。南部には大きな湖があり、緑が溢れていた。東部には首都トールヤーライがあって、西部の半島は美しい海が自慢の一大観光地となっていた。

ターコイズブルーからペパーミント色に変わる海は驚く程透明で、真っ白なビーチがどこまでも続く海岸近くにはマングローブと椰子の木が群生している。

バブラクはビーチの美しさもさることながら、夕陽の美しさがまた格別だった。

手つかずの自然が残っている地区も多い。

自分が生まれ育った国である。アスムはバブラクという国を深く愛している。だが、母が生まれ育った日本という国にも深い憧れを抱いていた。

『日本には四季がございまして、春には桜の花が咲き誇ります。暑い夏は本当に蒸し暑い日が続きますが、暑い夏が終わると、紅葉が美しい秋がやってきます。そして冬には雪が降り、凍えそうに寒い日もございます』

日本について質問したアスムに、冴島が教えてくれた。

サバナ気候に属するバブラクは雨季と乾季に分かれていて、一年を通して気温の変化はほとんどなく、常に暑くて湿度も高いが、海からの風によって、身体に感じる暑さは和らげられている。

だから、四季があるという日本に行くのがとても楽しみだった。確か日本は今は春という季節だった。

「お飲み物を、お持ちいたしましょうか？」

キャビンアテンダントの女性が訊ねてくる。

「では、せっかくなので日本茶を下さい」

まだ見ぬ日本という憧れの国に想いを馳せながら、アスムはリクエストした。

1

アスムが成田《なりた》空港の到着ロビーに姿を現わすと、待ち構えていた報道陣たちが一斉にカメラのフラッシュを焚《た》いた。

フラッシュの眩《まぶ》しさに目を細めながら、アスムは思いがけない歓迎ぶりに戸惑《とまど》った。

アスムがスーツではなく、バブラクの民族衣装に身を包んでいたこともマスコミの取材熱を煽《あお》ってしまったようだ。式典などに参加する際に、バブラクの王族が身に着ける衣装はバブラクの伝統的な織物で仕立てられていて、花で染めた自然な色彩が特徴だった。

ロビーの外では、報道陣だけでなく一般の人々もなぜかアスムを待ちかねていたようで、あちらこちらから黄色い悲鳴が上がる。

「ど、どうして…このような大騒ぎになっているのですか?」

アスムは侍従のピシットに助けを求めるように訊ねた。ピシットはアスムより三つ年上だが、ピシットの母がアスムの乳母をしていて、小さい頃より乳兄弟として育ってきたアスムには気心が知れた相手だった。

「おそらく殿下が王族で、しかも二十三という若さでアラウグループの総帥を務められているのが日本のマスコミに好まれる点ではないかと、それに殿下の母上様は日本人でもありますから」

それにしても、この騒ぎは異常ではないだろうか…。これでは行く先々で日本の人たちに迷惑を掛けることになるのではないかと、まずアスムが心配したのはそのことだった。

「アスム殿下、ようこそ日本へお越し下さいました」

カメラのフラッシュが四方から浴びせられる中、日本側の出迎えの人間がアスムに挨拶してくる。

「私、外務省でアジア太平洋州局《たいへいようしゅうきょく》の局長を務めております青山《あおやま》と申します。お目に掛かれて光栄でございます」

青山は恰幅《かっぷく》の良い中年の男で、にこにことても愛想が良かった。

「こちらこそ、よろしくお願いします。アスム＝ディー＝アラウです」

母親から日本語を習っていたので、アスムは日本語も堪能《たんのう》だ。

「おお、流石《さすが》日本語がお上手ですね」

青山が大袈裟《おおげさ》なぐらいの身振りで、アスムの流暢《りゅうちょう》な日本語を褒《ほ》め称える。

今回アスムが日本を訪れたのは、あくまでアラウグループの総帥としての立場が強いが、第三皇子でもあるアスムは日本とバブラクの友好親善にも一役買うことになるのだろう。

出迎えの中には、日本にあるバブラク大使館の人間もいたが、どうやら今回のアスムの日本での視察を主にプロデュースするのは、外務省のようだった。

「では、さっそくですが、殿下が日本にご滞在中の二週間、案内をさせていただく者を紹介いたします」

青山がそう言って、自分の後ろに控《ひか》えている男を呼んだ。

「……！」

アスムはその男の顔を見た瞬間、息が止まるかと思うぐらいに驚いた。なぜなら、その男はアスムが会いたいとずっと願っていた冴島だったからだ。

今までのアメリカ一辺倒の外交からアジア重視の外交へ方向転換したい日本にとっては、バブラク王国は親交を深めたい国の一つらしく、この度のアスムの訪日を歓迎してくれているのはよく分かっていたから、日本へ来たら、冴島に会わせてもらえるよう外務省の人間に頼もうとは思っていたが、まさか自分の案内役として彼が出迎えに出てくるとは夢にも思わなかった。

「冴島雅人と申します。南東《なんとう》アジア第二課で課長補佐を務めております。この度は殿下の案内役に抜擢《ばってき》されましたこと、身に余る光栄と存じます」

アスムを出迎えた冴島は六年前と同様そつのない、如何《いか》にもエリート然とした風貌をしていたが、以前より男っぽく精悍な顔つきになっていた。あの頃は若手のエリートという感じだったが、今は落ち着いた風格が出ている。

「この者は、以前はバブラク王国の日本大使館に勤務しておりまして、バブラク王国のことを

よく存じております。きっと殿下のお役に立ちましょう」

冴島がバブラクの日本大使館に勤務していたことはもちろん知っている。だからこそ、アスムは冴島に会いたいと熱望していたのだから。

この六年間ずっと会いたいと願っていた男がいきなり目の前に現われて、最初は驚きの方が大きくて動きが止まっていたアスムに、ようやく実感が込み上げてくる。

今、自分は日本にいて、冴島に再会したのだ。彼も、六年前のことを覚えていてくれるだろうか…。彼に会ったら、まず礼を言いたいと思っていた。今日の自分があるのは、全て彼のおかげだ。

冴島のことで頭がいっぱいになり、一瞬アスムは自分の立場を忘れた。咄嗟《とっさ》に冴島の方に手を伸ばし、喜び勇んで声を掛けようとする。

「あ、あの、冴島さん…僕は六年前に…」

「長旅でお疲れでございましょう。さっそくご滞在していただくホテルにご案内させていただきます。今日のところはゆっくりお休みいただいて、明日からに備えていただくのがよろしいかと存じます」

しかし、冴島にさりげなく制され、再びアスムの動きが止まった。彼がポーカーフェイスなのは、六年前から変わらない。決して冴島のポーカーフェイスが冷たいだけのものではないことは知っているつもりだが、今はそのポーカーフェイスが酷《ひど》く悲しかった。

よく考えれば、このような公の場で特定の誰かに親しく声を掛けることなど許されないことは分かるのだが、この時は冴島に会えた喜びから、アラウグループの総帥としての立場も王族の一人としての立場も失念していた。

他人行儀に振る舞われて、アスムはショックが隠せなかった。覚えていないかもしれないとは思ったが、本当に冴島はアスムのことを覚えていないようだ。

「どうぞ、殿下。空港の玄関に、お車を用意いたしております」

「…はい」

冴島に案内されて、アスムは空港の外に向かった。報道陣やアスムを見に来たらしい一般の人たちもぞろぞろと付いてくる。それらを警備する警察の人間も大勢出張っていた。

「騒々しくて、申し訳ございません。日本のマスコミは情報が早いものですから、殿下の来日を聞きつけて、さっそく参ったようです」

しきりに後方を気にしているアスムに、冴島が声を掛けてくる。

「いえ、あの…」

「決して明日からのご視察の邪魔にはならないよう、各方面には言いつけておきますので、ご安心を」

冴島がきっぱりと言った。

「いえ、そうではなくて…その…僕は構わないのですが、関係のない方たちに迷惑が掛かってしまうのは…」

アスムが心配するのは、この騒ぎが日本に住む大勢の人たちの迷惑になってしまわないかということだった。自分が来たことで、関係のない人たちを巻き込んで、迷惑を掛けることだけは避けたい。

「承知いたしております。殿下が国元でも一番に国民のことを考えて何事も行動なさっていることは、よく聞き及んでおりますので。殿下の意に沿わぬ行動を起こしたマスコミにはいつでも厳重な処分を下すよう、準備いたしております」

「あ、ありがとうございます。でも、あの…もし処分される時も余り厳重にならないよう、少しは手加減してあげて下さいね」

冴島が言うと、本当に厳重な中にも厳重な処分を下しそうで、アスムはマスコミに同情したくなった。

「もしかして、私はそんなに血も涙もない男に見えますか？」

すると、今までほとんど表情の変わらなかった冴島が僅《わず》かに苦笑いする。まるでアスムの心の声が聞こえたかのような冴島の言葉に、アスムは大きく目を見開いた。

「なぜ、それを…いえ、あの…その…血も涙もないとか思った訳ではなくて…」

アスムはしどろもどろに言い訳する。その時、冴島が微《かす》かに微笑んだような気がした。どくん、と不意打ちのようにして、アスムの心臓の鼓動が大きく跳ねる。

空港の外に出ると優しい風がアスムの身体に纏《まと》わりついてきた。それは涼やかで、とても穏《おだ》やかな風だった。バブロクとは明らかに気候が違う。日本とバブラクとの時差は二時間、九時間の空の旅を終えた今は、すっかり日が暮れていた。

玄関前に黒塗りの車が三台待ち構えていた。冴島が真ん中の車両の後部座席のドアを開けて、アスムを促《うなが》す。

「どうぞ、殿下」

アスムが乗り込んだ後から、冴島が乗り込んでくる。局長の青山は先頭の車両に乗り込み、ピシットたち侍従は後方の車へと乗り込んだ。

車がゆっくりと発進する。三台の車の後から、報道陣らしき車の姿も見えた。

「日本のマスコミの取り柄は、あのしつこさですから」

身を乗り出すようにして後方を窺《うかが》うアスムに、冴島が言った。

「そ、そうみたいですね」

アスムは後部座席のシートに畏まって座り直した。隣に冴島が座っているので、妙に緊張してしまう。

冴島と会えたことがまだ夢ではないかと思えた。冴島にとっては、六年前のバブロクでアスムを勇気づけたことは単なる赴任《ふにん》先での一幕でしかないのかもしれないが、アスムにとっては大切な思い出だ。だから、今は冴島に再会できたことを素直に喜ぼうと思う。

車はスピードを上げ、道路を駆け抜けた。どうやら今走っているのは高速道路らしい。

バブラクにはまだ高速道路はないが、他国を訪れた時に通ったことがある。

あちらこちらに背の高いビルが見えている。ビルから漏れるたくさんの明かりが、闇の中できらきらと光っていた。ここが日本の首都・東京《とうきょう》という街だろうか…。

「ここが東京ですか？」

アスムは冴島に訊ねた。

「いえ、この辺りはまだ東京の隣の千葉《ちば》県に当たります。間もなく都内に入ると思いますが」

「そう、なんですか…」

アスムの目から見ると、この辺りでも充分に近未来の街に来たような錯覚を覚える。最近はバブラクの首都トールヤーライでも高層ビルの建築ラッシュだが、やはり日本とは規模が違うようだ。

「あ、あれは何ですか？」

遠くに綺麗にライトアップされた城のようなものが見えて、アスムは興味を持った。

「東京ディズニーランドのシンデレラ城です」

「あれがディズニーランドですか…本当におとぎの国みたいなんですね」

アスムの目が輝く。話には聞いたことがあったが、実際見るのは初めてだった。本家はアメリカにあって、日本やフランス、香港にもあると聞いている。

「ああ、良い時間に通り掛かったようですね」

冴島が腕時計の針を見て、独り言のように呟く。

アスムは首を傾《かし》げた、その時、窓の外からぱんぱんという派手な音が聞こえてきた。

「な、何…？」

見上げた空には大輪の華が咲いている。どうやらパークから打ち上げられた花火のようだ。

「花火ですか…」

まさかこのようなところで花火を見られるとは夢にも思わなくて、アスムは目を丸くした。

だが、花火はとても綺麗で、アスムの目を楽しませてくれる。

「はい。この時間帯になると、毎晩パークでは花火が打ち上げられることになっているようです」

「そうなんですか…綺麗…」

アスムはしばし窓の外に見とれた。車がその時スピードを落としたのは、冴島の指示によるものだった。

「ババラクにも、あのようなパークがあれば、国民は喜んでくれるでしょうか？」

後ろへと遠ざかっていくパークを振り返りながら、アスムは訊いた。ババラクには美しい海はたくさんあるが、娯楽施設はまだまだ少ない。

「さようでございますね。ババラクの美しい自然も人々の心を和ませてくれますが、時には人工的に作られた娯楽施設のようなものも、人には必要なのかもしれません」

アスムは考え込んだ。ディズニーランド規模のものはまだ無理かもしれないが、それに近いものなら可能かもしれない。国民が喜んでくれるのなら、考える価値はあった。

「そろそろ都内に入ります」

都心に近付くにつれ、街並みが一層華やかさを増す。アスムは初めて見るものが多くて、目を奪われるばかりだった。

辺りはすっかり闇に包まれているのに、街には人が溢れ、眩しいばかりの光に包まれている。数年前までバブラクの人々は日が昇ると同時に起き出し、日が沈むと同時に眠りにつく生活を送っていた。最近は首都の近くではそういうこともなくなったが、郊外に行けば、まだまだ昔ながらの生活を送る人々は多い。

車は更に走って、高層ビル街に入ってきていた。ここら辺りは企業の本社ビルが多いのだろうか。最近のトールヤーライの街並みに少し似ている。だが、建設中のビルが多いトールヤーライと違うのは、どのビルにも明かりが煌々《こうこう》と点っているということだ。まるで昼間のような明るさだった。

一体、この街はいつ眠るのだろうかと不思議にも思う。

「ずっと起きているのは辛いでしょうね」

ぽつんと独り言のように言ったアスムの呟きを、冴島が耳に留めた。

「東京が眠らない街と呼ばれるようになって、もう随分と久しいですからね」

「そう…なんですか」

呟き一つからアスムの気持ちを察してくれる冴島には、六年前の片鱗《へんりん》が見えた。

あの時も、アスムの気持ちをただ一人理解してくれ、アスムが一番欲しい言葉をくれた。

「ええ、おそらく東京という街は眠らないのではなく、眠るのが恐いのだと思いますが」

「眠るのが恐い？」

冴島の言葉の意味が分からなくて、アスムは聞き返す。

「眠れない辛さよりも、眠る恐さの方が勝る。だから、この街は眠れないのです」

そう言う冴島が、どこか寂しそうで、アスムはそれ以上は訊けなかった。これだけ進んだ東京の街にも苦しみがあるということだろうか…。

やがて、車が滞在先のホテルに到着する。日本側が用意してくれたのは、重厚な雰囲気が随所に漂う、伝統と格式が感じられるホテルだった。聞いたところによると、各国の要人や海外のスターなども多数宿泊したことがあるホテルらしい。

ここでも報道陣や一般の人々がホテルの外で待ちかねていて、一時大騒ぎとなったが、冴島が手際良く警備の手配をしてくれていたおかげで、ホテルの中では報道陣をシャットアウトすることができた。

支配人の歓迎を受け、それから部屋に案内してもらう。

アスムが滞在することになっている最上階は昨日から一般客の宿泊を差し止めていて、関係者以外立ち入り禁止となっている。自分一人の為に申し訳ないとアスムは思ったが、治安が良いと言われている日本でも慎重すぎるに越したことはないと冴島が言うので、言葉に甘えることにした。

王族の宿命として命を狙《ねら》われる危険もないではない。アスム本人は覚悟しているが、関係のない人間に危害が及ぶことだけは避けなければいけない。一般客を立ち入り禁止にするのはそういう面では安全と言える。

広々とした客室は優雅なインテリアでまとめられ、シックな雰囲気だった。それはアスムの好みと言えるが、二つのベッドルームにゲストルーム、ダイニングまで付いている。おそらくこのホテルの中でも最上級の部屋なのだろう。それを思うと、やはりアスムには申し訳ない気持ちが募《つの》る。

しかし、ここで部屋を変えてほしいなどと言い出せば、逆に冴島を困らせることになるのは分かっている。

「お寛《くつろ》ぎのところ、失礼いたします」

部屋に落ち着いて、侍従のピシットが淹れてくれたお茶を飲んでいると、冴島が入ってきた。

「明日からのスケジュールをご確認いただいてよろしいでしょうか？」

「ど、どうぞ」

アスムはピシットに冴島の分のお茶も淹れるように頼んだ。

「お気遣いなく」

冴島は断ろうとするが、アスムはピシットに目配せした。

「いえ、ぜひ冴島さんにも飲んでほしくて…バブラクから持ってきた茶葉を使っています」

バブラクの名産の一つに茶葉があって、バブラクの人々はお茶好きで知られている。アスムも午後に飲むお茶の時間を大切にしていた。今日は時間的にはかなり遅くなってしまったが、やはりお茶を頂かないと落ち着かない。

「では、ご馳走になります。以前にバブラク王国で頂いたお茶が、とても美味しかったのをよく覚えております」

「そう言っていただけると、バブラクの人間としては嬉しいです」

アスムはダイニングのテーブルに冴島を招いた。

冴島が一礼して腰を下ろすと、ピシットが冴島の前にお茶を注いだカップを置いた。

「良い香りです。確か、ソナム産の茶葉は疲れを癒す効果があるのでしたね」

香りをかいで、冴島がカップに口を付ける。

「ソナム産の茶葉だって、よく分かりましたね」

アスムは驚いた。確かに今、淹れたお茶はソナム産の茶葉を使っているが、ソナム以外にも茶葉の名産地はある。

「ソナム産の茶葉が一番好きだったものですから」

冴島が少し照れくさそうに言う。

「僕も、です」

特に、香りが良いところが気に入っている。アスムの亡くなった母も、ソナム産の茶葉がお気に入りで、懐《なつ》かしい匂いがすると言っていた。

「理由はよく分からないのでございますが、ババラク王国に赴任中も、このソナム産のお茶を頂くと、よく日本のことを思い出しました」

「本当に？　僕の母も、似たようなことを言っていました」

またアスムは驚いた。

「そうでしたか…殿下のお母様は日本の方でしたね」

「はい、だから…」

何となくアスムは心が浮き立った。冴島が、大好きだった母と同じことを言ってくれたのが無性に嬉しい。

「それでは、お寛ぎのところをお邪魔するのも憚《はばか》られるのですが、スケジュールの確認だけさせていただけますか」

「は、はい」

そういえば、冴島はお茶を飲みに来たのではなかった。冴島と色々な話ができるのが楽しくて、アスムはつい自分の立場を忘れてしまう。

「これが明日からのスケジュールになります」

冴島から受け取ったスケジュール表を見て、思わずアスムは言葉を失った。

それこそ蟻《あり》の這《は》い出る隙間もないぐらいにスケジュールは朝から晩までびっしり詰まっていた。視察の合間に、できれば母の生まれた街を見てみたかったが、残念ながらその余裕はなさそうだ。

「ハードなスケジュールで申し訳ございません。何しろ殿下に面会したいと申し出る企業、団体は多く、バブラク王国からも、視察の合間に可能な限りの面談を設定してほしいとの申し入れがございましたので」

「分かってます。大丈夫です」

気を取り直して、アスムは笑顔で頷いた。自分はバブラクの代表として日本にやってきたのだ。我儘を言ってはいけない。

「もし、ご希望がおありでしたら、可能な限り調整はさせていただきますが？」

アスムの空元気に気付いたのか、冴島がアスムの様子を窺うように声を掛けてくる。

「いえ、このスケジュールでお願いします」

ともかく冴島に会いたいという願いは叶えられたのだ。もう一つの願いまで叶えようとするのは贅沢だろう。自分が我儘を言えば、それだけ冴島を困らせることにもなる。

それでも、冴島は少し何かを考えていたようだが、これ以上長居するのも憚られたのか、早々に退出しようと立ち上がる。

「それでは、明日は八時にお迎えに参ります。本日はお疲れ様でございました。ごゆっくりお休み下さいませ。お茶、ご馳走様でした」

冴島が一礼して、部屋を出ていこうとする。アスムは、もう少し冴島と話していたかったが、まだ二週間もあるのだ。焦らずとも、その間にはもっと色々な話もできるだろう。

「あ、明日からよろしくお願いします」

アスムは慌てて冴島の前に回り込み、頭を下げた。冴島が六年前のことを覚えていなくても、彼が案内役となったことは、アスムにはとても嬉しいことだ。日本に滞在する二週間の間、彼の傍にいられるのだから。

「こちらこそ、よろしくお願いいたします」

「い、いえ、お願いするのは僕の方ですから」

冴島に改めて丁寧に頭を下げられて、アスムは恐縮した。しかも、冴島は頭を下げたまま、なかなか顔を上げてくれなくて、その間、アスムもずっと頭を下げたままだった。

「春とは言え、まだ日本の夜は寒うございます。お腹など出して、お眠りになられませんように」

ようやく頭を上げた冴島が言う。

「もうそんな子供じゃありません！」

子供扱いされ、アスムの顔が赤く染まった。

「失礼いたします」

ふっ…と、冴島がその口元を綻《ほころ》ばせ、笑う。

この時、アスムの胸の鼓動は確かに早鐘を打つように速まったのだ。

しかし、この時のアスムにはまだその理由は分からなかった。


「冴島さんというのは、かなりのエリートらしいですね。車の中で、日本の方から聞いたのですが、あの年で間もなく課長に昇進されることが決まっているそうですよ。局長の覚えもめでたく、将来は外務次官間違いなしだとか…」

荷物の整理をしながら、ピシットが言った。ピシットも日常会話程度の日本語はできる。

「そうなんですか…」

初日ということで、今日の夕食はバブラク料理だった。バブラク料理には米を使った料理も多いが、米に関して言えばバブラクのものより日本のものの方が遥かに美味しい。

「でも、殿下にとってはバブラクのことに精通してらっしゃるのが何よりですけどね」

「そうですね…」

アスムはどことなく心ここにあらずだった。日本に来て、最初に冴島に再会できるとは思わなかったから、まだ信じられない気持ちが強いのかもしれない。

「殿下？」

ピシットが怪訝《けげん》そうな顔でアスムを呼ぶ。

「あ…い、いえ、その…な、何でもありません。ともかく良い方が案内役を務めて下さって、良かったです」

バブラクでの冴島との遣り取りのことはピシットには一切言っていない。というのも、ピシットとは乳兄弟なのだが、六年前、母が亡くなった際はピシットはちょうど勉強の為に留学していて、王宮にはいなかった。だから、余計にその時のアスムは王宮で孤立することになったのだが。

「殿下、この箱に入っているものは何ですか？」

バブラクから持ってきた衣装をクローゼットに入れ替えていたピシットが身に覚えのない箱に気付いて、声を上げる。

「あ、それは…」

アスムは慌てて駆け寄り、ピシットの手にある長方形の箱を取り戻した。

「な、何でもありません」

「殿下がお持ちになったのですか？　そのような箱を鞄に詰めた覚えがなかったものですから」

ピシットが不思議そうな顔をしている。

「こ、これはいいんです。僕が持っていますから」

アスムはその長方形の箱をぎゅっと抱き締めた。中に入っているのはバブラクの伝統的な織物で仕立てたテーブルクロスである。

ピシットはそれ以上何も訊かず、また荷物の整理に戻っていき、アスムはホッと息をついた。

実はこれは冴島へのお礼の品として持参したものだった。冴島に会ったら、六年前の礼を言い、心ばかりのプレゼントとしてこのテーブルクロスを贈ろうと思っていた。

だが、肝心の冴島が六年前のことを覚えていないのでは、贈りようがない。

冴島も意味もなく贈り物をされても困るだろう。

それでも、せっかく持ってきたのだから、機会があれば渡したいと思うが。

「殿下、そろそろお休みの時間です。明日から大変な毎日が始まるのですから。今日ぐらいは、ゆっくりお休みいただかないと」

しばらくして、ピシットが言った。バブラクでも、なかなか口うるさいところがあるが、アスムにとってはなくてはならない侍従である。

「そんな…大袈裟ですよ」

確かにスケジュールはびっしり詰まっていたが、人間が行動できる範囲には限界がある。

「いえいえ、大袈裟ではなくて、冴島さんという人はきっと時間には厳しい人だと思いますよ。

一分一秒だって、スケジュールの狂いは許さないタイプです」

「そ、そうでしょうか…」

ピシットに脅《おど》され、アスムは青ざめた。冴島に嫌われるようなことだけはしたくない。

「どちらかと言えば、バブラクはのんびりとしたお国柄ですが、日本人は仕事が趣味という人も多いと聞きます。つまり、働きすぎる民族なんですね」

「だ、だから…？」

アスムは恐る恐る訊ねた。

「明日の冴島さんは鬼に変わるかもしれません」

「…………」

幾ら何でも鬼はないと思うが、だがアスムはホテルに向かう途中の車の中で冴島が言っていた言葉を思い出した。

『眠れない辛さよりも、眠る恐さの方が勝る。だから、この街は眠れないのです』

日本という国がここまで発展したのは、日本人の勤勉さゆえだとよく言われている。そこまで働かなければ、国というものは発展しないのだろうか…。

アスムは何となくだが、今の冴島は余り幸せではないのかもしれないと思ったのだ。

## 2

ピシットの言ったことは脅しでも何でもなかった。

次の日から、さっそく日本企業の視察やら、有力者たちとの面談に政府関係者との会談など、大忙しの毎日が始まった。複合企業グループの総帥という立場上、バブラクでもそう暇な生活を送っている訳ではないが、これはまさしく目が回りそうな忙しさだった。分刻みのスケジュールというのが本当にあるのだ。

「それでは、殿下、次は自動化されたエンジン組立ラインへご案内いたします」

三日目の今日は朝から日本でも有数の自動車メーカーの生産工場の見学に来ている。重役自ら工場を案内してくれるのは有難いが、自社の歴史から始まって、取引国の多さや新車完成までの苦労話など、機関銃のように喋《しゃべ》り続けられると頭がパニックに陥《おちい》りそうだ。

日本の自動車の性能の素晴らしさは、すでに充分承知している。

「牧野常務、申し訳ありません。一旦休憩を入れて下さい。殿下はまだ日本の気候に慣れていらっしゃいませんので」

見かねて、冴島が牧野にストップを掛けてくれた。昨日までの二日間も忙しかったが、冴島は常にアスムの体調を気遣ってくれ、疲れてくると適度に休憩を挟んでくれる。

アスムにとって、冴島は鬼どころかまさしく神様のような存在だった。

「う、む…それは気付きませんで、失礼しました。では、こちらへ」

牧野は少々不満そうな顔をしたが、スケジュールの一切を取り仕切っている冴島には逆らえないようだ。

「お願いします」

冴島がピシットに向かって頷き、ピシットが先に立って、工場の人間が案内してくれる部屋へと歩いていく。

アスムもその後に続いたが、後方に下がった冴島が気になって振り返って見た。

すると、冴島は懐《ふところ》から取り出した携帯電話でどこかに電話を掛けていた。おそらく、次のスケジュールとの兼ね合いを考えて、調整に入っているのだろう。

立派な設備の整った工場内には来賓用の応接室が完備されていて、アスムはそこで一息入れることになった。

視察の際には、アスムもビジネススーツを着用している。余り似合っていないのは自分でも分かっているが、バブラクの民族衣装は少々重いので、身軽に動かなければいけない時には不適当なのだ。

すぐに紅茶と菓子が運ばれてきて、アスムの目が輝くが、ピシットにしっかり釘を刺されてしまった。

「もうすぐお昼ごはんですからね。あんまりお菓子ばかり召し上がられませんように」

ピシットに掛かると、いつまでもアスムは子供扱いである。しかし、そう言われては菓子に手を付ける訳にもいかず、お茶だけ頂くことにした。

お茶を飲んでいると、冴島が遅れて応接室に入ってくる。

冴島はいつもアスムのことを気遣ってくれるが、冴島自身は一体いつ休んでいるのだろう。

こうしてアスムが休憩している間も、色々なところに目を配って、滞《とどこお》りなくことが運ぶように取り計らってくれる。

冴島に問えば、それが自分の仕事ですから…ときっぱりした答えが返ってくることは明白だが、アスムには少し心配だった。

休憩の後、工場の残りを見学させてもらって、昼食の時間になる。

「殿下、申し訳ございません。この後の昼食は会食の形となります。与党の若手議員の方々から、ぜひ殿下をお招きしたいとの申し出がございまして」

「分かりました」

日本に来て三日、忙しいことは忙しいが、見学にしても面談にしても、アスムには勉強になることが多く、それは言ってみればバブラクの為にもなるということだ。決して日本側の都合だけでこのスケジュールが組まれている訳ではない。

若手議員ということは、将来この日本の政治の中枢を担う人たちということだから、日本とバブラクの友好親善の意味合いも強い。

アスムが日本語が堪能で、通訳なしで言葉を交わせるおかげか、会食の間はずっと誰かが話しかけてきて、会食は盛況だった。政治の話をしながらの食事は味気ないが、贅沢は言っていられない。

途中、冴島が気遣って、料理を取り分けた皿をアスムに手渡してくれるが、残念ながら、ほとんど口に入れることはできなかった。

「お疲れになりましたか？」

会食会場のホテルを後にして、次の移動場所へ向かう車の中で冴島が気遣いの言葉を掛けてくる。

「い、いえ…」

つい漏れてしまった溜め息を冴島に気付かれてしまったようだ。気を抜いてしまった自分を反省する。自分はバブラクの代表として日本に来ているのだから、いついかなる時も気丈に振る舞わなければいけない。

「まだまだ大丈夫です」

アスムは笑ったが、口の端が引き攣ったような作り笑いになってしまったことも、冴島に気付かれてしまっただろうか…。

疲れの方は冴島が適度に休憩を挟んでくれるので本当に大丈夫だったが、実はアスムはお腹が空いていたのだ。空腹ぐらいで弱音を吐くなど情けなくもあるが、人の欲望の中で最も本能に近いと言われる食欲というものにアスムは弱かった。別の言葉で言えば、食いしん坊とも言う。だが、幾ら食いしん坊でも、にこにこと笑顔で言葉を交わしながら、ものを口に運ぶというような器用な真似ができない。こんなことなら、せめて工場で出された菓子の一つぐらい食べておけば良かったと思うが、後の祭りだった。

「よろしければ、これを」

そう言って、冴島が差し出してきたのは、小さな紙袋だった。何が入っているのだろうと少し不思議に思う。

「次の移動場所までは少し時間がありますので、おやつ代わりにどうぞお召し上がり下さい。少しはお腹の足しになるでしょう」

冴島には何でもお見通しのようだった。

「あ、ありがとうございます」

礼を言って受け取った袋には、一つ一つ包装されたチョコレートやらキャンディやらクッキーが入っていて、アスムの目が輝く。

「殿下は甘いものがお好きだと伺っておりますので」

「ありがとうございます」

アスムはもう一度礼を言って、さっそくチョコレートの一つを解いて口に入れた。

「美味しいです」

甘い風味が口の中いっぱいに広がって、思わずアスムの顔が笑顔になった。

「ようやく本物の笑顔になりましたね。安心いたしました」

冴島の顔がホッとしたように綻んだ。

「え…」

やはり先程の作り笑いを気付かれていたようだ。

「スケジュールに関しましては上が決めたことですので、私にはどうして差し上げることもできませんが、こうしてわざわざ日本までお越しいただいたのですから、殿下にもこの日本という国を心から好きになっていただけるよう努めて参りたいと存じます」

冴島の表情が引き締められ、真剣な眼差しがアスムを見つめる。

「そんなこと…」

元より日本は母が生まれ育った国だ。アスムに嫌いになれる筈がない。

「お母上様のお生まれになった国だからという理由だけでなく、殿下ご自身のお心で日本という国を好きになっていただきたいのです」

「どうしてですか？」

冴島の口調が熱っぽく、アスムは無性にその理由が知りたくなった。

「外務省に勤める私が言うのも憚られますが、今の日本は決して良い国だと胸を張って言えるような国ではございません。まだまだ未熟で、時に愚《おろ》かで…ですが、私はそんな日本という国を愛しているのです。ですから、殿下にも未熟で愚かではあるが愛しいこの国を好きになっていただきたいと思っています」

この時、アスムは冴島が役人の道を選んだ理由が分かったような気がした。冴島程優秀な男であれば、他の道を選んでいてもきっと成功したに違いない。いや、役人のように規則でがんじがらめにされた世界より、もっと自由に自分の力を発揮できる世界の方が似合う気がした。ババブラクにも政府の公的機関は存在する。役人というものが年功序列を重んじ、規則に縛《しば》られた職種であることをよく分かっている。

「日本は僕にとってはずっと憧れの国でした。母から色々な話を聞いて、ずっとこの目で見たいと思っていましたから」

六年前、冴島と出会ってから、一層その想いは強くなった。この国は母が生まれ育った国であると同時に、冴島というアスムにとって大きな転機を与えることになった一人の人間を生み出した国でもある。

「ありがとうございます」

「日本に来て、まだ三日ですが、すでに僕はこの国に来て良かったと思っています」

アスムが言うと、冴島は不意打ちにあったような驚きの顔になったが、それはすぐに消えて、変わって口元に意味深な微笑が浮かんだ。

「毎日、分刻みのスケジュールで追い立てられているのに、でございますか？」

それは、少し意地悪な問いかけだった。

「…冴島さんって、意地悪なところもあるんですね。初めて知りました」

確かに仕事の面では厳しそうだが、アスムにはいつも優しくしてくれるから…それは冴島の別の一面を見た気がした。

「おや、早くも私の本性がバレてしまいましたか」

しかし、悪びれもせず言ってのける冴島に、流石にぎょっとする。

「あ、あの…」

「冗談です」

泡を食うアスムを余所に、冴島は涼しい顔で笑った。

「やっぱり冴島さん、意地悪です」

アスムは持っている紙袋をぎゅっと握り締めた。

「申し訳ございません」

謝罪しているが、それは口先だけだと、アスムには分かってしまった。

冴島が笑いを噛み殺すようにしているのが分かって、アスムは少しムキになって今度はクッキーの包みを解いて口に入れた。

するとと、クッキーの粉が気管に入って、うっかりむせてしまう。

「お飲み物を」

車の中に用意されたお茶をグラスに注《そそ》いで、冴島がアスムに差し出してくる。

「ゆっくりとお召し上がり下さい。まだ時間は充分にございます」

「それ、は…冴島さんが…」

お茶に口を付けながら、アスムは涙目で冴島を睨《にら》んだ。

「おや、私のせいでございますか？」

そう言う冴島はどこか楽しそうだ。冴島というのは、このような性格だっただろうか…。

「そうです」

つん、とアスムはそっぽを向いた。

「申し訳ございません」

もう一度謝罪すると、それっきり冴島は黙ってしまった。

もしかして強く言いすぎてしまっただろうかと後悔して、アスムが冴島の方を振り返ると、やっぱり冴島は笑っていて、やられたとアスムは思ったのだ。

これが冴島の手なのだ。これからは注意が必要だが、すでに自分はその手に落ちてしまっているのかもしれない。

「冴島さんの本性が、僕にもよく分かりました」

こういう冴島は意外ではあったけれど、それでも人間らしい気がして悪くないと思ってしまう。完璧な人間など存在しない。人間らしいところがあるから、人は人を愛おしく思うのだ。別に自分が冴島を愛おしく思っているとかそういうことではなくて、確かに好ましく思ってはいるけれど…。

「バレてしまったのでしたら、仕方ございません。つたない案内役ではございますが、この国がいつまでも殿下の憧れの国でいられることを願って、私も精進して参ります」

「…………」

冴島という男が意地悪であると同時に、少し狡《ずる》い男であることをアスムは知ってしまった。そんな言い方をされては、アスムはもう何も言えなくなってしまう。

「さ、どうぞ、お召し上がり下さい。時間があるとは言え、余りお喋りばかりしていては、次の訪問先に到着してしまいますから」

「わ、分かっています」

気を取り直して、アスムは菓子をまた一つ口に運んだ。

アスムが甘いものを好きなのは事実だが、元々アスムが甘いもの好きになったきっかけは冴島だった。六年前、母親を亡くし、悲しみに暮れていたアスムを慰《なぐさ》める為に、冴島が日本から持ってきたという甘い菓子をくれたのだ。六年前はまだバブラクには甘い菓子は普及していなくて、王族と言えど、なかなか手に入らない高級品だった。その時、冴島にもらった菓子がとても甘くて美味しかったことをよく覚えている。それ以来、甘いものはアスムの一番の好物になった。

だが、この様子だと、やはり冴島は六年前のことを覚えていないようだ。そのことを改めて思い知らされて、どこかでがっかりしている自分がいる。

なぜこんなにもがっかりしているのだろうとも思うが、その答えを出すのが少し恐い気がして、自分の中で考えるのを止めてしまった。

菓子を食べながら、隣の冴島を窺うと、彼は真剣な表情で、何かの資料に目を通している。端整すぎると言っていい、その横顔に、アスムは胸の奥が熱くなるのを感じていた。

次の視察場所は郊外にある食品会社の工場だった。ここでは、主にレトルト食品を製造している。

バブラクに長期保存の利くレトルト食品は浸透していない。昔ながらの貯蔵方法で、食品を長持ちさせている家庭はあるが、簡単手軽に調理するという風習がないのだ。

観光地などで、外国人観光客向けに、日本のインスタント食品が売られているところもあるが、バブラクの一般家庭には普及していない。

しかし、日本同様バブラクも国土の一部が火山脈の上に位置しているので、地震等の災害の心配はあった。その際、レトルト食品は非常に役に立つ。

首都トールヤーライには食品を扱う会社もあったが、アスムが総帥を務めるグループで、レトルト食品を製造販売できれば、効率が良い。

アスムは熱心に担当者から話を聞き、具体的にバブラクで工場を稼働させるのに必要な資金や土地、工事に必要な人数など大まかなところを見積もった。

土地は日本に来る前に、王家が所有する土地の中から幾つか候補地を挙げておいた。

今から資金を調達して、工事に必要な人数を集めても、早くて着工は一年後だろう。だが、日本の協力があれば、もう少し早く取り掛かることができるかもしれない。

日本の利益となる条件を提示して、協力を仰ぐ必要があった。政府関係者にも根回しが必要だろう。昼間の会食で、一人心当たりの若手議員がいた。日本でも防災関連の法案に力を入れている男らしく、バブラクの災害対策はどうなっているのかと熱心に質問を受けた。

まずは彼と連絡を取って協力を要請しよう。やはり会食に参加する意味は大いにあったのだ。

「もし、ご希望でしたら、レトルト食品の製造に携わる技術者を呼んで、更に詳しい話を聞くことも可能ですが？」

アスムの熱の入れ方が午前中とは違うと分かったのだろう、冴島が有難い提案をしてくれた。

「ぜひお願いします」

さっそくスケジュールを調整して、ホテルで詳しい話を聞くことになった。更にスケジュールが詰まることになるが、気にしない。

アスムがアラウグループの総帥となったのは、バブラクの国と国民の為に、自分にもできることをしようと思ったからだ。その為の過密スケジュールならば歓迎だった。

その後も、別の企業の工場を見学して、今日のスケジュールはようやく終了となる。外はすっかり暗くなっていた。

「レトルト食品の製造に携わる技術者を招いてお話を伺う件ですが、明後日の夜、視察を終えられた後に、ホテルで懇談会を開く手筈を整えました。その際、今日の昼間にお会いした民政党の高石《たかいし》議員もご参加下さるとのことです」

ホテルへと戻る車の中で、冴島が言った。先程から忙しそうにあちらこちらに電話を入れていたのは知っているが、もうそこまで話が纏まっていたとは驚いた。急なことだし、相手の都合によっては無理なことも覚悟していたのに。

「あ、ありがとうございます。冴島さんのおかげですね」

冴島たち官僚は横の繋がりが広いと聞いている。各省庁に知り合いがいるから、幅広く顔が利くらしい。高石議員というのは会食の際にバブラクの防災対策について熱心に質問してきた議員で、後程冴島に頼んで連絡を取ってもらおうと思っていたが、アスムが頼むまでもなく、とうに冴島も彼に目を付けていたようだ。

「いえ、決して私の力などではございません。殿下が思っていらっしゃる以上に現在のバブラク王国は、日本という国にとっても、日本の民間企業にとっても魅力ある存在なのです」

つまり、日本側は政府も民間もバブラクと深く関わり合いを持つことに意義があると判断しているのだ。だったら、バブラクもそれを利用させてもらうだけだ。日本の力を借りて、もっとより良きバブラクの国を作る。

利用という言葉は狡い響きがあって、アスムには余り好きではないけれど。

「お互いの利益になる、ギブアンドテイクの関係ならば、それは利用ではなく、協力という形になります」

またアスムの心の内を読んだかのような冴島の言葉だった。

「僕の考えてること、よく分かりましたね」

アスムは驚いた顔で、冴島を見た。

「殿下はお心で思われたことが、お顔に出やすい方ですので」

「そ、そんなに？」

アスムは自分の顔を気にした。感情を表に出すことは、王族にとっては厳禁とも言える。

「ご心配なさらないで下さい。私以外には、そう分かりやすくもないと存じます」

「冴島さんには分かりやすいのですか？」

それは、冴島にだけ分かりやすいということだ。

「…はい」

一瞬、間があったが、冴島はその首を縦に振った。

「冴島さんには、どうしてそんなに分かりやすいのでしょう?」

「さぁ、それは…あ、すみません、今日は晴海《はるみ》通りからお願いします」

その時、冴島が運転手に指示を出した。

「畏まりました」

運転手が頷き、緩《ゆる》やかにハンドルを切って、車が右折していく。

アスムはきょとんとした顔で冴島を見たが、冴島はただ微笑んだだけだった。

だが、すぐに冴島が道を変更した理由がアスムにも分かった。

「わぁ、凄い」

やがて前方に現われたのは、道の両脇に植えられた満開の桜の木が、これまた道の両脇に並んだ店の明かりで綺麗にライトアップされた姿だった。アスムの口から思わず感嘆の声が上がる。

ライトアップされた桜の木の間を、車がゆっくりと通り過ぎていく。

全長百メートル程だろうか…。愛らしい桜の花のピンクが、光の魔法で艶《なまめ》かしく映った。

「ここは地元民から桜大通りと呼ばれております。今年は例年にも増して桜の開花が早く、都内の名所と呼ばれるところの桜はとうに見頃を過ぎておりますが、こちらは遅咲きで有名で、今夜が見頃だと聞きましたので、少し遠回りになりますが、この道を通らせていただくことにしました」

それは、とても幻想的で美しい光景だった。決して派手ではないが、まるで桃源郷か何かにいるような錯覚を覚える。

「やはり桜は日本の象徴と言える花ですので、ぜひ殿下にも見ていただきたいと存じまして」

日本の桜の美しさは母から聞いて知っていた。特に夜桜の美しさには目を奪われるものがあると言っていた。日本に来ることが叶えば、ぜひ見たいと思っていたものの一つだ。

「やっぱり日本に来て良かったです」

窓の外を食い入るように見つめながら、アスムが言った時、冴島がとても嬉しそうに笑ったが、残念ながら桜に目を奪われているアスムにはその顔を見ることは叶わなかった。


「それでは、遅くなってしまいましたが、ごゆっくりお寛ぎ下さいませ」

アスムをホテルの部屋に送り届けると、冴島は一礼して、部屋を退出しようとした。

「あ、あの…この本の中で少し分からないところがあるのですが、教えてもらってもいいですか?」

アスムは一冊の本を持って、冴島を引き留めた。

「それは…?」

冴島がアスムの手にある本を見る。それは『会席料理の作法』というタイトルの本だった。

「明日のお昼に、会席料理を食べに行くと聞きましたので、作法というものをマスターしておいた方がいいかと思いまして」

明日の昼食は、日本企業の招待で、有名な料亭に食べに行くことになっていた。

「なるほど。勉強熱心な殿下らしいですが、殿下は外国の方ですので、会席料理の作法に詳しくなくともマナー違反にはならないかと存じます。日本人でも、会席料理の作法に精通している者はそう多くはありませんので。会席料理の作法をマスターするとなると、一日や二日では到底無理ではないかと」

「そ、そうなんですか…」

道理で、この本を一回読んだぐらいでは分からないことが多すぎると思った。

「残念ですね、殿下、せっかく明日の練習にと、今日の夕食をわざわざ日本食にしていただいたのに」

お茶の準備をしているピシットが言った。

「はい…」

母の生まれ育った国の料理を勉強する良い機会だと思ったのに。

「明日の為に、わざわざ今日の夕食を日本食にするように頼まれたのですか？」

冴島が少し驚いた顔をしている。

「あ、はい…僕のせいで、ホテルの方にも余計な面倒を掛けてしまったようです」

アスムは、がっくりと肩を落とした。

「私も精通しているという程ではありませんが、一通りの作法は分かりますので、よろしければ、お教えいたしましょうか？　付け焼刃にはなりますが、明日、困られることがないぐらいにはお教えできると存じます」

あからさまに落ち込んでいるアスムを見かねたのか、冴島が提案してくれた。

「本当ですか？」

アスムの目が輝く。

「あ、でも、これからだと、冴島さんにもご都合があるのではないですか？」

喜び勇んだが、ふとアスムは考え直した。自分の為に無理はさせたくない。

「いえ、大丈夫でございます。殿下が、こんな意地悪な私の教授でも良いとおっしゃるのであれば」

冴島が言った。その口元が笑っているのをアスムは見た。

「もう！」

アスムが冴島に怒ったようなフリをするのを見て、ピシットが驚いている。ピシットは車の中での冴島とアスムの遣り取りを知らない。

「では、さっそく夕食の用意をしていただきましょうか？」

冴島が内線電話を使って、ロビーに電話している。

アスムはもう少しの間、冴島と一緒にいられることを考えて、浮き立つ心を抑えられなかった。


「まず右手で箸の中央を取り、持ち上げます。それから左手を箸の下に添え、右手を箸頭まで滑らせます。そして、右手を箸《はし》の下まで返して、持ち直します」

まず基本中の基本、綺麗な箸の取り上げ方を教えてもらう。

覚悟はしていたが、冴島の教え方はかなりのスパルタだった。

「殿下、箸の持ち方が違います。上の箸は真ん中辺りを人差し指と中指で挟み、下の箸は薬指の先と親指の付け根で固定するのです」

幾ら日本人の母を持っていると言っても、箸の使い方まで教えてもらった訳ではない。

容赦《ようしゃ》ない冴島の叱責《しっせき》の声が飛んで、なかなか料理を頂くところまでは辿り着けなかった。

「正しい箸の使い方をマスターしなければ、到底次の段階には進めません」

「は、はい…分かっています…」

頑張ってはいるのだが、叱られてばかりなので、ついつい萎縮してしまう。

「殿下、私は叱《しか》っているのではありませんよ。そんな顔をされると、まるで私が殿下を苛めているように見えます」

「…………」

確かに冴島が作法を教えてくれると言った言葉に飛びついたのはアスムだ。だが、こうしてアスムを厳しく指導している冴島はどこか楽しそうに見える。

「仕方ございませんね。…殿下、こうです。力を抜いて、私の手に添わせるように動かして下さい」

「な、何を…」

冴島がアスムの手の上から自分の手を重ねてきて、別の意味で、アスムは萎縮した。心臓の鼓動が大きく跳ね上がって、びくっと肩を震わせる。

「そうです。私の手に預けるように、そのままゆっくりと動かして下さい」

重なり合う手から、冴島の体温が伝わってきて、アスムはもう箸の使い方を覚えるどころではなかった。自分でも手と顔の両方が熱くなっているのが分かる。

「殿下、指先に集中して下さい」

「で、でも、あの…」

全ての意識が重ねられた冴島の手に集中していくようだった。アスムより一回りは大きい掌《てのひら》、長い指はすらっとしていて、とても器用そうだ。

「あ…」

先付けに出てきた落花生《らっかせい》豆腐を掴み損ねて、うっかりテーブルの上に落としてしまう。

「す、すみません…」

「さぁ、もう一度…」

冴島がようやく手を離してくれて、アスムはホッと息をついたが、冴島の厳しい指導はそれからも延々と続いたのだった。


食事が終わる頃には、アスムはぐったりとなって疲れ果てていた。

冴島が帰っていったのもかなり遅い時間だったので、申し訳ないことをしたという気持ちが半分と、ここまで厳しくすることはないじゃないかという恨めしい気持ちが半分だった。

それでも、冴島のおかげで一通りの作法は頭に入ったから、明日アスムが恥を掻くことはないだろう。

「予想通りというか、冴島さんは厳しい先生でしたね。まるで鬼教官の如きでした」

ピシットがアスムに声を掛ける
「…はい」

食事をして、こんなに疲れたのはアスムは初めてだった。鬼教官と表現したピシットは大袈裟でも何でもない。

「でも、僕がお願いしたことですから」

それでも、もう少し優しくしてくれてもいいのに…という気持ちがアスムの中にないではない。

「それは、まぁそうですが」

ピシットはアスムの言葉に納得したのか、それ以上は何も言わなくて、アスムが入浴する為の準備を整えている。

アスムはソファーに腰を下ろして、ほぅ…と小さな溜め息をついた。

どうやら自分は少しばかり自惚れていたようだ。冴島は自分には無条件に優しくしてくれるものと勝手に決めつけていたのかもしれない。

作法のことに関して言えば、短時間で学ぶには厳しくしなければいけないのだろうが、昼間の遣り取りがあるせいか、時々冴島がアスムを苛めて楽しんでいるようにも見えてしまった。

まさか、幾ら何でもそんなことはないと思うけれど。

『おや、早くも私の本性がバレてしまいましたか』

そもそも冴島がアスムに優しくしてくれるのは、アスムが異国からやってきた要人であるからで、上からその案内役を務めるよう指示された冴島がアスムに優しくしてくれるのはあくまで仕事の一環なのだ。

『殿下が思っていらっしゃる以上に現在のバブラク王国は、日本という国にとっても、日本の民間企業にとっても魅力ある存在なのです』

それにしては、今日の冴島は随分と意地悪だったと思うけれど。

『そうです、私の手に預けるように、そのままゆっくりと動かして…』

不意に、先程冴島に手を重ねられた時のことを思い出し、顔を赤くする。

あれは別に深い意味はなくて、単に箸を使い慣れていないアスムに箸の使い方を教える為に行われたことなのに。

それが分かっているのに、今思い出しても、こんなに顔が熱くなるのは、なぜだろう。

あの時も、自分は馬鹿みたいに焦って、ミスばかりしてしまった。冴島は変に思わなかっただろうか…。

「ああ、もう…」

改めて思い返してみると、アスムは穴があったら入りたい心境だった。

3

次の日、日本企業が昼食に招いてくれた料亭では、誰もがアスムの箸遣いを褒めてくれた。

一通りの作法を心得ていたことでも評判となり、日本通の皇子としてメディアで紹介されて、世間にも好感されたようだった。

悔しいが、これは冴島の厳しすぎる指導があってこその成果だろう。

日本企業の重役に、一体どこで作法を学ばれたのですか？　と質問されて、答えに詰まってしまい、慌てて冴島を窺ったところ、彼は知らんフリしてくれた。こういうところ、やっぱり意地悪だとアスムは思ったのだ。

そして、その後も、分刻みのスケジュールの日々は続き、滞在期間の半分、一週間が過ぎる頃には、アスムの疲れもピークに達していた。ひ弱な見かけによらず、昔から身体は丈夫で、それだけが取り柄だと思っていたのに。思ったより日本とバブラクの気温差がこたえているようだ。

朝、起きた時、少し身体がだるかったが、自分一人の都合でスケジュールを遅らせる訳にはいかない。

余り食欲もなく、朝食はコーヒーとサラダだけを頂いた。迎えにやってきた冴島に、いつものように挨拶する。この時、冴島は一瞬怪訝そうな顔を見せたが、何も言わなかった。車に乗り込み、ホテルの支配人たちの見送りを受けて、ホテルを出発する。

今日の午前中は天皇陛下と面会する為に皇居を訪ねることになっていた。疲れた顔は見せられない。そして、午後からはまた民間企業の重役たちとの面談である。

天皇陛下との面会は緊張したが、冴島が万事滞りなく計ってくれて、無事に済んで安堵《あんど》した。

しかし、安堵した途端、どっと疲れが出てきてしまった。午後からもスケジュールが詰まっているのに、何とか頑張らなければいけない。

昼食は一旦、滞在先のホテルに戻って取ることになった。わざわざホテルに戻って昼食を取るのは初めてで、アスムは不思議に思ったが、どうやら少しでもアスムを休ませようとする冴島の心遣いだったようだ。

食事の後、一時間程休めるということだったので、アスムはベッドに横になった。自分が倒れては皆に迷惑が掛かってしまう。

少し眠ると、身体が随分と楽になった。やはり自分は丈夫にできているのだ。この調子なら、午後からも何とか頑張れそうだ。

しかし、明日からもハードなスケジュールは続く。

アスムの気を重くしている原因がもう一つあった。それは、母の生まれ育った街を一目でいいから見たいという、もう一つの望みだった。我儘を言ってはいけないのは分かっているが、今度はいつ日本に来られるか分からない。車で通るだけでもいいから、一目なりとも見ることは叶わないだろうか。

この一週間で、日本という国がますます好きになり、余計に母の生まれ育った街を見たい気持ちが強くなった。

「殿下、失礼いたします」

部屋で身支度《みじたく》を整えていると、冴島が入ってきた。そろそろ時間だから、迎えに来たのだろう。

「大丈夫です。もう用意はできています」

アスムがにっこり笑って言うと、冴島はその顔に安堵の色を浮かべた。

「お顔の色が少し良くなりましたね。安心いたしました。今朝、お迎えに上がった時から、お顔の色が悪いことをずっと気にしてはおりましたが、午前中は天皇陛下との面会が控えておりましたので、どうして差し上げることもできず申し訳ございませんでした」

冴島が頭を下げる。今朝、迎えに来た時、冴島が一瞬怪訝そうな顔をしたのは、そういうことだったのだ。

「そんなこと…冴島さんがいつも僕のことを気遣って下さっているのは、よく分かっています」

たとえそれが要人に対する使命感から来ているものだとしても、アスムは感謝している。今だって、冴島がホテルに戻してくれたおかげで休むことができた。

「時々、意地悪ですけど」

言った後で、アスムはぺろっと舌を出した。

「これは、一本取られてしまいましたね」

頭を上げた冴島が珍《めずら》しく声を立てて笑った。今までも冴島が笑うことはあったが、声を立てて笑う冴島を見るのは初めてで、アスムはうっかりその笑顔に見とれてしまった。

「それで、午後からのご予定ですが、全てキャンセルすることが叶いましたので、引き続きホテルでお休み下さい」

「え…」

しかし、次に冴島の口から飛び出したのは予想だにしていなかった申し出だった。

「もしかして、僕の身体を心配して下さって？　でも、あの…大丈夫です。少し休ませていただいて、身体はすっかり元気になりましたし、元々僕は丈夫なのが取り柄なんです」

アスムは慌てて言った。冴島にそこまで気を遣わせてしまう程に、今朝の自分は酷い顔をしていたのだろうかと反省する。王族という立場上、感情を表に出さない訓練は受けている。それなのに、そこまで顔に出ていたとはバブラクの代表として来た者として失格だろう。

「ほ、本当に大丈夫ですから」

それに、自分のせいで日本側に迷惑を掛けてしまうことも本意ではない。特に案内役を務める冴島の責任問題になったりしたら、それこそ自分はどうすればいいのか…。

「殿下が心配していらっしゃるようなことは、何もございませんので、安心してお休み下さい」

冴島がアスムを安心させるように言った。どうやらまた冴島に心の内を読まれてしまったようだ。

「今日の午後の面談相手は日本側の都合で強引にスケジュールに組み込んだ企業の代表たちですので、お会いにならなくても、バブラクの不利になるようなことは一切ございません」

「でも…」

バブラク側は良くても、日本側は困るのではないか。特に冴島に迷惑が掛かることになっては…と、アスムにはそのことが心配なのだ。

「さようでございますね、もしよろしければ、明日のパーティーに今日面談する予定となっていた企業の代表者たちもやって参りますので、その時にお声の一つでも掛けていただければ幸いでございます」

「それぐらいなら、幾らでも」

アスムはホッと息をついた。

「では、午後はゆっくりお休み下さい。私は隣の部屋に控えておりますので、何かございましたらお呼び下さい」

冴島のおかげで、アスムは思いがけない自由時間をもらえることになった。となると、今日がチャンスである。

「あ、待って下さい」

冴島が部屋を出ようとしているのを見て、アスムは慌てて引き留めた。突然舞い込んだチャンスを逃す訳にはいかない。

「あ、あの…冴島さんにお願いがあるのですが」

ここまで良くしてもらって、これ以上甘えるのも気が引けたが、今のアスムに頼れるのは冴島だけだった。

「実は行きたいところがあるのです」

思い切って頼んでみることにした。今日が唯一のチャンスなのだ。

「行きたいところでございますか？」

アスムの申し出が意外だったのか、冴島は怪訝そうな顔をしている。

「日本に来る前から、母の生まれ育った街を見てみたいとずっと思っていました。でも、スケジュールが詰まっていて、とてもそんな余裕はないと一旦は諦《あきら》めたのですが、冴島さんのおかげで、今日は午後からお休みをもらえることになりました。一目見るだけでいいのです。どうか僕を母の生まれ育った街に連れていってくれませんか？」

「しかし、それは…」

冴島が難色を示すのは分かっていた。良くも悪くもアスムはバブラクの王族の一員であり、日本にとっては要人だ。一般市民のように勝手に出歩くという訳にはいかない。だから、アスムは無理を承知で冴島に頼んでいた。

「お願いします」

アスムは必死に頼み込んだ。

「………」

冴島が難しい顔で何かを考えている。

今から正式の手続きを踏んでいては、とてもではないが、今日中に母の生まれ育った街に辿り着くことはできない。

だから、アスムが母の生まれ育った街へ行くただ一つの方法は、他の者には内緒でホテルをこっそり抜け出すしかないのだ。

「身体の方は本当にもう大丈夫なのでございますか？」

しばらく何かを考えて、ようやく冴島が口を開いた。

「大丈夫です」

アスムは力強く肯いた。

「ご承知だとは存じますが、今日殿下が母上様の生まれ育った街へお出掛けになるには、お忍びでお出掛けになる以外方法はございません」

「あの…僕、小さい頃こっそり王宮を抜け出して、町に遊びに行ったことがあります」

アスムは勢い込んで言ったが、冴島には睨まれてしまった。

「よろしいですか、日本は諸外国に比べて治安は良い方だと言えますが、絶対に安全とは言い切れません。もちろん、私が全力を尽《つ》くしてお守りいたしますが」

「じゃ、じゃあ…」

アスムの目が輝く。

「他の者の目を盗んでホテルを抜け出すには、侍従の方の協力が必要です」

ピシットの協力を得て、アスムは冴島と二人でこっそりホテルを抜け出すことになった。

アスムはワクワクしたが、そのことを冴島に言えば、また睨まれそうだったので、口には出さない。彼の立場を考えれば無理もなかった。

だが、アスムが母の生まれ育った街を見る為には今日しかないのだ。

冴島に迷惑を掛けたくないと言いながら、今までで一番迷惑を掛けることになるだろうことも承知している。

最初はピシットも反対していたが、アスムがどうしても母の生まれ育った街が見たいのだと懇願《こんがん》して説得した。ならば、自分も供をするとピシットは言い張ったが、日本人の血が半分入っているアスムはともかく生粋のバブラク人であるピシットを連れて歩くと人の目に付きやすいことがあり、冴島が断った。

「殿下は、私がこの身に代えてもお守りいたします」

聞くところによると、冴島は武道にも精通しているらしく、そこらのSPにも負けない程の手練《てだれ》れなのだそうだ。そのことを日本側から報告を受けていたピシットは渋々だったが、引き下がった。

冴島が調達してくれたシャツとスラックスを身に着け、上からジャケットを羽織ると、アスムはどこにでもいる日本人の青年に早変わりしたが、それでも目の色が違うのだけは隠せない。

「失礼いたします」

「な、何…」

冴島が、アスムの眼前に顔を近付けてきて、アスムは内心飛び上がりそうに驚いた。

ポケットから取り出した小さなケースを開け、冴島がアスムの目に何かを入れる。

「痛ッ」

「カラーコンタクトです。慣れない内は少々痛いかもしれませんが、殿下のお目の色は印象的すぎますので、念の為…」

アスムの瞳は日本人のような黒々とした瞳でもなければ、バブラク人特有の茶色の瞳でもない。おそらくは二つの血が混じって生まれた故の奇跡の色、深みがかった碧の瞳だった。

「それでは、参りましょうか」

「は、はい」

ごろごろしたコンタクトの違和感にも慣れた頃、いよいよホテルを出発することになった。アスムが宿泊する最上階のフロアは関係者以外立ち入り禁止となっていて、出入りのチェックは厳しい。

従《したが》って、ピシットが一日一回汚れ物を洗濯に出す機会を利用することになった。汚れ物を運ぶワゴンにアスムが身を潜め、最上階から脱出する。

「殿下はこのまま部屋でお休みになられるので、誰も部屋には近付けないようにお願いします。私は一旦、外務省へ戻り、報告を済ませてきます」

ワゴンを引いたピシットと一緒にエレベーターホールまでやってきた冴島が、警備を担当しているSPたちに伝えている。

「承知いたしました。あ、ピシット殿、念の為、ワゴンの中を点検させていただきます」

SPがワゴンに積まれた汚れ物に手を伸ばす。息を詰めて潜んでいたアスムは、びくっと大きく肩を震わせた。

「ああ、殿下の具合が悪くて、早く部屋に戻らなければいけないのです。さっさとここを通してもらえませんか」

すると、ピシットがSPの同情を引くように、よよっと泣き崩れる真似をする。ワゴンに隠れながら、アスムは大袈裟すぎるのではないかと心配した。

「そうでしたか、しかし…」

SPが冴島の顔色を窺っている。

「構わないでしょう。今は汚れ物を下の階に運ぶだけです。この階に持ち込む訳ではないのですから」

「冴島さんが、そうおっしゃるのでしたら…では、どうぞ」

ワゴンを引いたピシットと冴島がエレベーターに乗り込み、ホッと息をつく。ワゴンの中では、アスムが胸を撫で下ろしていた。

一階まで下り、ランドリーに向かう途中で、アスムは素早くワゴンから抜け出た。

「何だかスパイ映画みたいで、どきどきしました」

無邪気に言ったアスムに、冴島は少し苦笑いしたようだった。

「じゃあ、後はよろしくお願いします」

通用口のところまで来て、冴島が言った。正面玄関は人目が多い為、ホテルに出入りする業者が主に利用する通用口のところでピシットと別れる。

「殿下、お気を付けて」

ピシットが心配そうに言った。

「大丈夫です。冴島さんが付いていてくれますから」

冴島がいれば大丈夫だと思えた。ほとんどそれは確信に近い。

ホテルから少し離れたところでタクシーを拾って乗り込む。

運転手がちらりとアスムの顔を窺ったように見え、びくっとしたが、運転手は別段何も訊ねてはこなかった。

「堂々としていて下さい。びくびくしていては、逆に怪しまれます」

「は、はい」

冴島に言われて、胸を張ろうとするものの、つい猫背になるのは元からの性格が出てしまうからだろう。

「どこから見ても、今の殿下は日本人の青年にしか見えません」

冴島がこっそり耳打ちしてくる。その時、一瞬だったが、冴島の唇が耳朶《じだ》に触れ、かぁっと身体が熱くなった。

「上野《うえの》で、よろしかったですね」

冴島が運転手に行き先を指定する前に確認してきた。

「はい…」

アスムは肯いたが、少し不思議にも思った。自分は母の生まれ育った街の名前を冴島に伝えただろうか。

「申し訳ございません。案内役を申しつかった際、全ての情報を頭の中に入れさせていただきました」

アスムが不思議そうな顔をしたことに、冴島は気付いたようだ。

「冴島さんは僕のことを何でも知っているということですか？」

その事実は、アスムには少しくすぐったくもあった。

「はい、おそらくはあなた様ご自身よりも、私の方が知っていることもあるかと」

「ええッ」

アスムよりアスムのことを知っているなんて、そんなことがあるのだろうか。

「例えば、五つの頃、おねしょばかりなさって、なかなかおむつが取れなかったこととか」

「ほ、本当にそんなことが資料の中に書いてあったのですか？」

そのような記憶はアスムの中にはないが、もし事実だとしたら、そんなことを冴島に知られてしまって、どうしたらいいのか…。

「さぁ、どうでしょうか？」

しかし、その時、冴島の口元が笑っていることに気付いた。

「あ、もしかして、また僕をからかっているのでは？」

「バレましたか？」

冴島はあっさりと認めた。

「もう酷いです」

もしおねしょのことが本当だったら、アスムは今度こそ本当に穴があったら入りたいぐらい恥ずかしかったのに。

「申し訳ございません」

「知りません」

例によって、心が籠《こ》もっていない時の冴島の謝罪の仕方だ。

つん、とアスムはそっぽを向く。

「怒らないで下さい。あなた様の反応が余りに可愛らしくて、つい悪ふざけをしてしまいました」

「か、可愛い…って、あの…」

アスムの容姿からして、可愛いと評されることがない訳ではないが、れっきとした男である自分が可愛いなどと言われて嬉しい筈もない。それなのに、冴島に言われると満更でもなくて、勝手に顔が赤くなるのはなぜだろう。

「着きましたよ、お客さん」

その時、運転手が言って、タクシーを駅前のロータリーに停めた。

かなり大きな駅のその上に掲げられた看板を見ると、確かに上野駅と書いてあった。

冴島が運転手に礼を言い、代金を払って、タクシーから降りる。

「ここが上野の街ですか？」

アスムはきょろきょろと周囲を見回した後で、大きく深呼吸した。駅前だから人は多いが、どこかホッとさせる雰囲気がある。

「はい、殿下の母上様がお生まれになったのは、この近くだと思われます。残念ながら、ご両親はすでに亡く、住んでいらっしゃった家も現在はございませんが」

母の両親は、母がバブラクに嫁いだ数年後に亡くなったと聞いている。

「少し歩いてもいいですか？」

「どうぞ」

アスムは駅から離れ、少し周辺を散策することにした。

人も車も、バブラクとは比べものにならないぐらい多いのに、懐かしい感じがするのが不思議だった。アスムの中に日本人の血が流れている証《あかし》だろうか…。

右手の大通りを進んでいくと、不忍池《しのばずのいけ》入口という看板が見えた。

「母から聞いたことがあります。あの字、読むのが難しくて、何度も母に訊ねましたから」

アスムが看板を指差して言う。

「不忍池ですね。行ってみますか？」

「はい…確か、ボート乗り場があって、白鳥の形をしたボートがあるのですよね。若い頃、ボーイフレンドと一緒に乗ったことがあると母は言ってました。あ、これ、父には内緒らしいですけど」

アスムは口元に人差し指を当てた。

「承知いたしました」

遊歩道に沿って進む。冴島はアスムにぴたり寄り添うように歩いている。

不忍池は上野恩賜《おんし》公園の南側の端にあって、周囲は２ｋｍ程あった。

中央に弁才天《べんざいてん》を祀《まつ》る弁天島が配置され、遊歩道によって三つに分かれている。蓮池《はすいけ》とボート池と鵜《う》の池だ。

池の周囲には桜の木が植えられていて、満開の頃はさぞ美しかっただろうとアスムは思う。残念ながら、今はほとんどの桜は散ってしまっている。

石の橋を渡って、弁天堂にお参りする。バブラクの国民はほとんどが仏教徒で、そこら辺は日本とよく似ていた。

「この弁天堂が建てられたのは、今から４００年以上前のことなんですが、当時は橋がなくて、小舟で渡っていたそうです」

冴島が説明してくれる。この一週間、冴島と行動を共にして分かったことは、冴島は何でもよく知っているということだ。アスムの質問に答えられなかったことなど一度もない。

視察の際にはその都度専門家が案内に付くが、専門家に訊ねるまでもなく、冴島が答えてくれるのがほとんどだ。冴島に知らないことなどないのではないかと思える。

鵜の池では水鳥がたくさん泳いでいた。

池を泳ぐ鳥たちが気持ち良さそうで、アスムはつい池の水に手を浸してみたくなった。

「いけません！」

しかし、水に手を入れようとした瞬間、冴島の鋭《するど》い声が飛んできた。

アスムはびくっと大きく肩を震わせて、慌てて動きを止める。

「申し訳ございません。大きな声を張り上げてしまって…」

「い、いえ…不用意に池の水に手を浸けようとした僕が悪いのですよね」

冴島は理由もなく声を張り上げる男ではない。

「すみません。最近、この池にカミツキガメと呼ばれるカメがいると聞いたものですから」

「カミツキガメ？」

何となく嫌な名前だった。

「はい。その名の通り、人に噛みつくようです」

「そ、そうだったんですか」

アスムは池の水に浸けようとしていた手を無意識にさすった。もし冴島が止めてくれなかったら、カメに噛まれていたかもしれない。

「ありがとうございます」

アスムは礼を言った。

「いえ、私こそ、声を張り上げてしまって申し訳ございません」

今度はボート池へと進む。池の向こうに高層ビルが聳《そび》えているのが見える。

「あの…ボートに乗ってみては駄目ですか？」

アスムはボート乗り場を指差して、おずおずと訊ねた。断られることも覚悟の上だが、それでも訊ねてみたくなった。

「殿下は案外と駆け引き上手のようですね。そんな顔でお願いされては、私が断れないことをご存知でいらっしゃいます」

「ち、違います。僕はただ…」

母がボーイフレンドと一緒に乗ったという白鳥のボートに冴島と一緒に乗れたらいいと、そう思っただけで。

「分かっております。殿下が駆け引きなど考えもされていないことは…ただ無意識の内にやってしまわれるところが実は一番タチが悪いのです」

冴島の言っている意味がよく分からなくて、アスムはきょとんとした顔をしてしまった。

「…よろしいですよ。参りましょう。ただし、殿下の隣に乗るのは、残念ながら可愛らしいガールフレンドではなくて、意地悪なこの私ということになりますが」

アスムの目が輝く。元よりアスムは冴島と一緒に乗りたかったのだ。

「あ、それと白鳥のボートは足漕ぎですから、殿下にも漕いでいただくことになりますが、よろしいでしょうか？」

ボート乗り場にできている列に並びながら、冴島が言った。ボートは手漕きボートとサイクルボートとスワンボートの三種類があった。

「大丈夫です。足を動かせばいいのですよね」

ボートなど乗ったことはないが、冴島がいれば大丈夫だ。

「はい、殿下の御手というか、御御足《おみあし》を煩わせるのも申し訳ないのですが、あのボートは二人で漕がないと進まないものですから」

「そうなんですか」

その時、アスムはふとした疑問に気付いた。

「冴島さんは以前にも白鳥のボートに乗られたことがあるのですか？」

その口ぶりから、冴島は以前にも白鳥のボートに乗ったことがあるようだった。

「あ、いえ……はい、以前に一度だけ」

冴島にしては、珍しく歯切れが悪かった。

東京に住んでいる冴島が不忍池にプライベートで遊びに来てもおかしくはないが、あのようなボートに一人で乗った筈はないだろう。誰と一緒に乗ったのか、アスムは気になったが、その時自分たちの番がやってきた。

「足元にお気を付け下さい」

冴島の手を借りて、アスムは白鳥のボートに乗り込む。中は思ったより広さがあった。

「タイミングを合わせて、ペダルを漕いで下さい」

冴島の言う通り、ペダルを漕ぐが、思ったより大変だった。漕がないと進まないのは当然だが、二人のタイミングが合わなくても前に進まない。

外から見ていると、皆のんびりと漕いでいるように見えたが、思いがけず良い運動になってしまった。

「喉が渇かれたでしょう？　少し休憩いたしましょうか」

売店を見つけて、冴島がそちらへとアスムを連れていく。売店では飲み物や軽食を販売していた。

売店のベンチに腰を下ろして、アスムは冴島から受け取った紙コップに注がれたジュースに口を付けた。ちょうど喉が渇いていたので、冷たいジュースがとても美味しい。

売店では、他にもアイスクリームやクレープなどが売られているが、その中に一つ気になるメニューがあった。

「ライスバーガーというのは、何ですか？」

ハンバーガーは食べたことがあるが、ライスバーガーなるものは初めて聞いた。

「ああ、あれはパンの代わりにご飯を使って具材を挟み込んだ、まぁ握り飯に近いものでしょうか」

「へぇ」

アスムの目は、じっとそのライスバーガーなる看板に注がれている。

「召し上がってみますか？」

冴島が苦笑いするように言った。

「あ、いえ、あの…僕は、その…」

しどろもどろに言い訳しようとするが、その間もアスムの目はライスバーガーの看板から離れようとはせず、これでは答えを聞くまでもない。

冴島が立ち上がって、売店でライスバーガーなる代物を買ってきてくれる。

「どうぞ」

「あ、ありがとうございます」

包み紙の中から出てきたのは、確かに握り飯を上から押し潰したような形状の食べ物だった。間に野菜や肉が挟まっている。

「い、頂きます」

恐る恐る噛りついてみると、それは素朴な握り飯とは違って、こってりしたソースがたっぷり掛かった濃厚な味わいだった。

「わ、本当ですね。ハンバーガーのソースみたいなものが掛かってます」

味わいは確かにハンバーガーだが、具材を挟んでいるのがパンではなくご飯というのが不思議な感じだった。握り飯に近いが、握り飯ではなくて、ハンバーガーとも違う。

だが、これはこれで美味しくて、アスムはあっという間に食べ切ってしまった。

「ご馳走様でした」

手を合わせたところで、なぜか冴島の集中的な視線を感じて顔を赤らめる。

「す、すみません。僕だけばくばく食べてしまって」

途中で冴島に勧めようかとも思ったのだが、一旦口を付けたものを勧める方が失礼だと思ったので、そのまま食べてしまった。

「いえ、そうではなくて…殿下は本当に美味しそうに召し上がるので、見ているとこちらも嬉しくなります」

「そ、そうでしょうか？」

冴島が静かに微笑んだ。

そんな風に言われたのは初めてだった。おそらく冴島は褒めてくれたのだろうと思うが。

「実は父が母を見初めたのも、母の食べる姿が気に入ったからだと言われています。僕の母も、それは美味しそうにものを食べる人で…と言えば、聞こえはいいですけど、ちょっと食いしん坊だったみたいです。僕も、その血を引いてますから…」

冴島に何を余計な話をしているのかと内心思ったが、勢いがついていて、アスムの話は止まらなかった。

「そうだったのですか。お写真を拝見したところでは、儚《はかな》げな感じがするお美しいお方だった

ように思いますが」

冴島が何かを思い出すような目をする。

「母は自分のことを日本の言葉でヤセの大食いというのだと言ってました」

「なるほど。確かに日本に、そういう言葉があります」

冴島に感心されてしまって、アスムはまた頬を赤らめた。

「す、すみません…僕、変な話ばかりしているみたいで」

どうやら今日の自分はかなり舞い上がっているようだ。念願の母の生まれ育った街に来ることができた。しかも、冴島と二人で。

「そんなことはございませんよ。殿下のお話を伺うのは、とても楽しいですから」

「本当ですか？」

「はい」

冴島が笑顔で肯いてくれて、アスムは勇気をもらった。

「じゃ、じゃあ、あの…今度は冴島さんのお話を聞かせてもらえませんか？」

アスムは思い切って言った。

「私の話ですか？　私の話と言っても、特には…生まれてから今日まで、ごくごく平凡な毎日を過ごしていますから」

冴島は少し驚いた顔をした。

「それでも、聞きたいです」

アスムが前のめりに身を乗り出して言うのに、冴島は苦笑いしたようだった。

「でしたら、殿下には面白くないかもしれませんが、少しだけ私が生まれた街の話を。私が生まれたのはこの東京ではなく、もっと西にある京都《きょうと》という街なんです」

「京都のことは知ってます。古都とか言うのですよね。昔は都があったとか」

京都の話も母から聞いたことがある。京都は、母の好きな街の一つだった。

「そうです。今も、私の両親は京都に住んでおります。私が東京に出てきたのは、大学に入ってからで、高校まではずっと京都に住んでおりました」

「そうだったんですか…」

アスムは勝手に冴島は東京の生まれだと思っていた。

「私が生まれ育ったのは、京都の西陣《にしじん》という織物の街で、両親も織物関係の仕事をしておりました。西陣は古い伝統に育まれると同時に古い伝統に縛られた街でもありました。昔は織物業が盛んでしたが、最近は着物を着る人が少なくなり、織物業も衰退して、両親も今は織物関係の仕事から手を引いています。両親は私が跡を継ぐことを希望していたようですが、私は早々に織物産業に見切りを付け、両親の反対を押し切って、東京の大学を受験し、官僚の道を目指しました」

「ご両親は、冴島さんが官僚になることに反対されていたのですか？」

「ええ。大学を卒業して、外務省への就職が決まった際に、一度実家へ帰りましたが、結局その時も喧嘩《けんか》になってしまって、それ以来両親には会っておりません」

「じゃあ、京都にも帰っていないのですか？」

「はい…」

自分の生まれ育った街というのは特別だ。異国から懐かしい日本へ想いを馳せていた母を見ていたから、余計にその気持ちが分かる。

「京都に帰りたいと思ったことはないのですか？」

アスムは聞かずにはいられなかった。両親とも会えなくて、冴島は寂しくはないのだろうか…。

「時々はあるかもしれませんが、忙しさに感《かま》けて、それどころではないというのが正直なところでしょうか」

冴島が少し寂しそうに笑った。

「…………」

「…ああ、申し訳ございません。少し湿《しめ》っぽい話になってしまいましたね。そろそろ参りましょうか？」

冴島が立ち上がった。アスムは冴島に掛ける言葉を一生懸命に探して、ようやく見つけた。

「僕も、いつか冴島さんが生まれ育った西陣という街を見てみたいです」

母の生まれ育った街を見るという目的は果たしたが、アスムにはまた別の目的ができてしまった。

「そうですね。そのような機会があれば、ぜひまた案内させていただきたいと存じます」

そんな機会が訪れることを祈らずにはいられないアスムだった。


「あれは、何ですか？」

信号の向こうに見えている賑やかな通りを指差して、アスムは訊ねた。一旦上野駅まで戻ってきたところだった。

「あれはアメヤ横丁です。幾つもの店が軒を連ねる、バブラクで言えば、路上でものを売る市場のような感じでしょうか」

駅の南側から続く高架下と周辺一帯が横丁になっている。

「凄い活気ですね」

ここからでも、売り手と買い手の熱気が伝わってくるようだった。

「あの…」

アスムは冴島の服の端を摑んで引っ張った。おそらくそれだけで、アスムの言いたいことは冴島に分かる筈だ。

すると、冴島の口から大きな溜め息が漏れた。

「おねだり上手というのも考えものですよ」

「え…」

また冴島の言っていることの意味が分からない。

「分かりました。まだ時間はございますから、参りましょう」

冴島が腕時計の時間を確認して、歩き出す。

「はい」

アスムは嬉しそうに肯いた。

「ただし、あの通りは人が多いですから、決して私から離れられませんように…よろしいですね」

うっかりすれば、大人でも迷子になりそうな混雑ぶりだ。

「大丈夫です」

アスムは気を引き締めて、冴島に寄り添った。

「いけませんね、それでは…失礼して、御手を」

「な、何を…」

冴島がアスムの手を取る。指と指を絡《から》め、決して離れないように強く握り締めてきた。

「さ、これで大丈夫です」

涼しい顔の冴島とは裏腹に、アスムは狼狽《うろた》えてしまって、顔が上げられない。

俯《うつむ》いたまま、自分の足元を見ながら進む。自分でもよく分からないのだが、握り締められた手が熱くて仕方ない。振りほどきたい気持ちと振りほどきたくない気持ちが同じぐらいあって、落ち着かなかった。さっきから心臓の鼓動は鳴りっぱなしだった。鏡を見なくても、自分の顔が真っ赤に染まっているのが分かる。

「アメヤ横丁は太平洋戦争後間もなく開かれたヤミ市が起源の名物マーケットでして、年末の賑《にぎ》わいぶりは東京の風物詩の一つになっております」

冴島がアメヤ横丁について説明してくれるが、アスムの頭にはさっぱり入ってこない。

「あ…」

足元ばかり見て進んでいたのが悪かった。前方から急いでやってくる人に気付かなかった。

「危ない！」

人とぶつかりそうになったところを、咄嗟に冴島に庇《かば》われる。

「気を付けろ！」

ぶつかりかけた男が怒鳴って去っていく。

「お怪我はございませんか？」

「大丈夫です、ありがとうございます」

冴島のおかげで、ぶつからずに済んだ。

「殿下をお守りするのが、私の仕事ですから…それより、ご覧になりたい店はございますか？」

横丁の中には貴金属やアクセサリー、輸入雑貨、食料品、衣料品、化粧品など、種々雑多な店がひしめいている。

「じゃあ、あの店を」

アスムが指差したのは帽子の専門店だった。オリジナルの帽子が多く、中には変わった形のものもある。

「この帽子、可愛いです」

アスムがあちこち見て回って手に取ったのは、羽根飾りの付いた帽子だった。鏡の前で被《かぶ》って見ると、我ながら似合っているような気がした。

「それが、お気に入りでございますか？」

傍で見ていた冴島が一緒に鏡を覗く。

「ええ、でも…」

残念だが、今日は持ち合わせがなかった。

「すみません。これを」

冴島が店員を呼んで、さっさと会計を済ませている。

「あ、あの…冴島さん」

「私からのささやかなプレゼントです。よくお似合いになっています」

冴島は帽子を包んでもらわずに、そのままアスムの頭に乗せたが、本当にプレゼントしてもらっていいのだろうか…。これまでも散々迷惑を掛けているのに。

「ご心配なく、経費として請求したりはいたしませんから。せっかく上野に来られたのですから、記念になるものを一つぐらいお持ちになっても構わないでしょう」

「ありがとうございます」

珍しい冴島の軽口が、アスムの心を軽くする。きっと冴島の言葉にはいつでもアスムの心を軽くしてくれる魔法が掛けられているに違いない。

その後入った輸入食材の店では、バブラクの特産品も売っていて、バブラクを離れてまだ一週間だが、アスムには少し懐かしい気がした。

「なぜアメヤ横丁という名前なのですか？」

横丁を歩きながら、アスムは訊ねた。それはアスムならずとも疑問に思うところだ。

「当初ここにはイモ飴を売る店が目立ったからだとか、アメリカ軍からの放出品を扱う店が多かったからだとも言われていますが、本当のところは分からないようです」

他にも、冴島はチョコレートの叩き売りの店でチョコレートを買ってくれたが、横丁内では価格を表示してある札はあってなきが如しだと知った。なぜなら、店主と客の遣り取りを聞いていると、一つ１０００円のものが「二つで１５００円でいいよ」という風にあっという間に安くなるからだ。

アスムは楽しくて楽しくて、いつまでも冴島とアメ横を歩いていたい気分だったが、そういう訳にもいかず、アメ横見物を適当なところで切り上げ、駅前に戻ってくる。

そろそろホテルに戻らなければいけない時刻なのだろうか…。

アスムが不安そうな瞳で冴島を見上げたのが分かったのか、冴島がふっと優しく微笑んで言った。

「まだもう少しだけお時間がございます。この近く、あと一か所だけなら見物することは可能だと存じますので、もしご希望の場所がございましたら、おっしゃって下さい」

途端に、アスムの顔がぱぁっと弾けたような笑顔に変わった。

「じゃ、じゃあ…ぼく、食べてみたいものがあるのです」

アスムは勢い込んで言った。

「食べてみたいもの？　何でございますか？」

「もんじゃという食べ物です。母が好きだと言ってました。でも、バブロクでは作るのが難しかったらしくて…」

アスムもよくは知らないが、母は大好きでよく食べに行ったと言っていた。

「もんじゃ、でございますか」

冴島が意外そうな顔をする。

「もしかして、急に言い出して食べられるようなものではないのですか…あの…だったら、いいんです、どうしても食べたいって訳ではなくて…ちょっと言ってみただけで…」

これ以上、自分の我儘で冴島を困らせる訳にはいかない。アスムはもう少し冴島と二人で上野の街を歩けさえすればそれでいいのだから。

「いいえ、そういう訳ではないのですが、もんじゃは言ってみれば、少々不思議な食べ物ですので」

「そ、そうなのですか？　あ、でも、無理だったら、本当に…」

不思議な食べ物と聞いて、ますます興味が湧いたが、冴島を困らせるつもりは毛頭ない。

「私に遠慮は無用です。殿下のご希望をお聞きしたのは私なのですから。…畏まりました。もんじゃの店へご案内いたします」

冴島はそう言うと、再び信号を渡った。そして、五分ぐらい歩いたところにあるビルの一階の店へと入っていく。

「ここが、もんじゃのお店なのですか？」

中に入って席に着くと、アスムはきょろきょろと店内を見回した。大きくはないが、その分温かい感じのする店構えだった。

「はい。ここら辺りでは、なかなかの人気店のようですよ」

まだ夕食には早い時間のせいか、店の中は半分ぐらいの入りだった。皆、鉄板の上で、ぐちゃぐちゃと掻き回して、何かを焼いているようだが、あれは一体何なのだろう。

「どれになさいますか？」

「え…ど、どれとは…？」

冴島に声を掛けられ、隣のテーブルに目が釘づけになっていたアスムは慌てて冴島の方に視線を戻した。

「もんじゃにも色々と種類がございますので。…さようでございますね、この店のおススメはスペシャルもんじゃのようですが。他にもめんたいこもんじゃや、グラタンもんじゃなんかが人気のようです」

「スペシャルもんじゃというのは、どういうものなのですか？」

そもそもアスムはもんじゃという食べ物がよく分かっていなかった。隣のテーブルで食べているのを見ても、今一つどんな味がするのか想像も付かない。

「イカにエビにタコに牛肉、それにコーンとそばも入っているようです」

「じゃあ、それをお願いします」

ともかく食べてみなければ始まらない。

冴島が店員を呼んで、スペシャルもんじゃを注文する。

どんなものが運ばれてくるのかとどきどきして待っていると、近くのテーブルに座っている若い女性の二人連れがこちらを見て、何やら喋っている声が聞こえてきた。

「ねぇ、ねぇ、あの人、格好良くない？」

「格好いい～。如何にもエリートって感じだよね。こんな店には超勿体ない～」

どうやら彼女たちの視線は冴島に注がれているようだ。冴島の方は一切気にしていないようだが。

アスムが見ても格好いいと思うのだから、女性が冴島を見て騒ぐのも無理はない。

不忍池を歩いている時も、擦れ違う女性の多くは必ず冴島を振り返って見ていた。

だが、アスムは何となく不愉快になった。余り冴島を見ないでほしい。なぜなら、冴島は自分の…そこまで考えて、ハッと我に返る。一体自分の何だと言うつもりなのだろう…。

「お待たせしました」

その時、銀色の器に山盛り盛られた正体不明の食べ物が運ばれてくる。

自分の考えに捕われそうになっていたアスムは慌てて頭の中で考えていたことを振り払った。

「こ、これは一体何ですか?」

イカやエビやタコや牛肉が載っている下にあるのは、大量のキャベツだろうか…。

「もちろん、もんじゃでございます」

冴島が笑いながら、熱くなった鉄板の上に器から具を落とす。

それをコテと呼ばれるもので炒めていった。

アスムがその手付きをじっと見ていると、

「なさってみますか?」

冴島がコテを差し出してきて、アスムは恐る恐る受け取ると炒めてみた。

しばらく炒めると、冴島が炒《いた》めた具の中央をドーナツ状に空け、その中央にたねと呼ばれる汁を流し込む。

そして、やや固まったところで、具と混ぜつつ、また炒める。

「そろそろ召し上がれますよ」

どうやらもんじゃが完成したようだが、アスムにはまだ上の方は生焼けのように見える。本当に食べられるのだろうか。別に冴島を疑う訳ではないけれど。

「こうするのです」

冴島が小さいコテ…これははがしというのだと教えてもらった…で掻き取ったもんじゃを鉄板に押しつけるようにした。

それをはがしごとアスムに手渡してくれる。

「どうぞ」

冴島に言われて、アスムはおずおずとはがしを口に運んだ。

「熱いですから、お気を付けて」

すると、それはとても不思議な食感だったが、間違いなく美味しかった。

「熱ッ…でも美味しいです」

「では、どんどん召し上がって下さい」

冴島に言われるまでもなく、アスムはさっき冴島がしたみたいにはがしで掻き取ったもんじゃを鉄板に押しつけてから、再び口に運んだ。

「さ、冴島さんもどうぞ」

自分ばかり食べるのは悪い気がして、アスムは冴島にも勧めた。これなら二人で食べてもおかしくない。

「では、失礼して」

遠慮するかと思ったが、冴島は意外とあっさり肯いて、別のはがしで掻き取ったもんじゃを口に運んだ。

「ああ、久しぶりに食べましたが、やっぱり美味しいですね。この微妙な食感が何とも言えません」

「冴島さんも、仕事以外でもんじゃを食べに来ることがあるのですか？」

アスムはつい訊いてしまった。さっきの女性たちも言っていたが、失礼ながらこういう店に冴島のような風貌は不釣り合いに見える。

「ええ、私も東京暮らしが長いですから、一度や二度はあります」

冴島は大学の時から東京で暮らしていると言っていた。

「誰と、ですか？」

気付いたら、アスムは問い詰めるような強い口調になっていた。さっき不忍池で、以前にもスワンボートに乗ったことがあると言っていた。誰と乗ったのか、アスムにはそのことがとても気になった。もんじゃを一緒に食べたのも、誰なのだろう…。

「誰と一緒にもんじゃを食べたのですか？　さっきも不忍池で以前にも白鳥のボートに乗ったことがあるとおっしゃっていましたよね？　誰と乗ったのですか？」

アスムの勢いに、冴島は気圧されたようだった。僅かに目を見開いて、アスムを見ている。

「どうか…どうか落ち着いて下さい」

冴島の静かな口調が、アスムの心に自制の心を呼び戻す。

「す、すみません。そんなこと…冴島さんの自由なのに…僕、僕は…本当にすみません」

アスムは冴島のプライベートに踏み込もうとした自分を恥じた。悲しいが、プライベートでの冴島が誰と出掛けようが、アスムには咎《とが》める資格はない。そもそも悲しいと思うこと自体どうかしている。

「いえ…冷める前に食べてしまいましょう」

それからは、アスムは黙々と手と口だけを動かした。


「残念ですが、そろそろホテルに戻る時間が来たようですね」

もんじゃの店を出て、駅に向かいながら、冴島が言う。

途中、色々あったが、冴島と一緒に出掛けた上野見物が楽しくなかった筈がない。

「そうです、ね…」

そろそろ薄暗くなり始めた外に、アスムは観念した。夢のような時間は終わったのだ。

「最後に、もう一つだけお願いしてもいいですか？」

ここまで甘えたのだから、今日は最後まで甘えてしまおうとアスムは思った。二度とこんな時間はやってこない。

「何でございましょうか？」

「電車に乗ってみたいのです。ホテルまで、電車で帰ることはできますか？」

バブラクには鉄道がなく、国民の足は車かバスになる。だから、電車というものに乗ってみたかった。

「承知いたしました。ここまで来たら、最後までお付き合いいたしましょう。この時間帯なら、ホテルへ向かう側の路線は混んでいないでしょうから」

冴島は快《こころよ》く承諾してくれたが、なぜか目の前に見えている駅の建物の中には入っていかなくて、手前の地下へ下りていく。

「ホテルへ戻るにはＪＲよりも、地下鉄が便利ですから…足元、お気を付け下さい」

不思議そうな顔をしているアスムを先導しつつ、冴島が地下鉄の改札口を目指す。

「地下を走る電車に乗れるのですか？　楽しみです」

地下を走る電車があるのは知っている。実際見るのは初めてだけれど。

構内に入って、切符を買う機械…自動券売機というのだそうだ…で切符を買う。もちろんアスムには電車の切符を買うのも初めての体験だった。

「どうぞ」

アスムが切符を自分で買いたそうにしていることに気付いたのか、冴島がお金を渡してくれる。

「ありがとうございます」

アスムはコイン投入口にお金を入れた。

「日比谷駅までは160円ですので、この160のパネルを押して下さい」

冴島に言われた通り、160のパネルを押すと、下の口のところから切符が出てきた。

「それをあそこの自動改札機に通すと、中に入れます」

冴島が改札口へとアスムを促す。

「冴島さんの分は、いいのですか?」

アスムの分しか切符を買わない冴島を、アスムは不思議に思った。

「私は定期券を持っております」

「定期券?」

耳慣れない言葉に、アスムは首を傾げた。

「ああ、申し訳ございません。定期券というのは、切符を前もって一か月分とか半年分とか期間を決めてまとめて買ったことを証明する券で、これを持っていると、乗る度に切符を買わなくても済むので便利なのです」

「そうなんですか」

確かに一々切符を買わなくて済むのは便利そうだ。

「東京も広いですので、地下鉄にも走る区間によって色々な路線がありますが、これから乗る日比谷線という路線は、たまたま私が外務省に出勤する際に利用している路線と同じですので、この定期で乗れるという訳です」

「じゃあ、冴島さんはお仕事の時はいつも地下鉄を使われているということですか」

「ええ。渋滞が多い東京では、車を使うよりも地下鉄の方が正確に早く目的地に到着しますから」

改札口を通って、ホームに向かう。

ホームでは人々が整列して電車の到着を待っていた。程なく電車が到着して、順番に乗り込む。

車内の混雑は最初はそれ程でもなかったが、途中の駅で一気に人が乗り込んできて、車内は鮨詰《すしづ》めの大混雑になってしまった。

「申し訳ございません。どうやら他路線で故障があって遅れているようですね。この時間帯ですと、普段はこちら側はそんなには混雑しないのですが…乗り継ぎ駅の秋葉原に人が集中してしまったようです」

冴島がドア付近の隙間にアスムの身体を避難させてくれ、そして自分はしっかり手摺を握って、他の乗客たちの身体がアスムに触れないようにガードしてくれた。

「あ、あの…僕なら、大丈夫ですから」

アスムが電車で帰りたいと言ったのだから、多少の不自由は我慢しなければいけない。

「いえ、そういう訳には参りません」

しかし、冴島は断固として退こうとはしなかった。

駅に到着する度、降りる客も多いが、元が鮨詰め状態なので、なかなか混雑は解消しない。

「申し訳ございません。到着まで数分ですので、ご辛抱を」

「だ、大丈夫で…す…！」

その時、電車が大きく揺れた。冴島のすぐ後ろにいた数名の客がバランスを崩し、冴島の方に押し寄せてくる。

「あ…」

流石の冴島もそれを支え切ることはできなかったようで、その身体をアスムの方へ押してきてしまう。

「も、申し訳ございません！」

冴島とアスムの身体が密着して、図《はか》らずもアスムはその胸に抱き込まれる格好になってしまった。

「……ッ」

アスムは一瞬息をするのを忘れた。どきどきと心臓の鼓動が大きく高鳴って、それは口から心臓が飛び出すのではないかと思うぐらいだった。だから、冴島にしては珍しい慌てたような声を出したことに気付かなかった。

次の駅に着くまでの数分が、アスムには永遠にも思えたのだった。


ホテルに到着する頃には、辺りはすっかり暗くなっていた。

部屋を抜け出す時と同じく、今度は洗濯を終えた衣服を積んだワゴンに隠れて部屋まで戻ることになった。

エレベーターホールでのSPの目は、冴島が上手く誤魔化してくれた。

部屋に入ると、ようやく一息つくことができた。

「本日はお疲れ様でございました。私が至らぬせいで、せっかくのお休みを余計に疲れさせることになったのでなければよろしいのですが」

冴島が言った。

「そんなこと…無理を言って、お願いしたのは僕ですから。それに、今日は本当に楽しかったです」

それはアスムの心からの気持ちだった。今日、冴島と上野の街を歩いたことは、この先何があっても、アスムの胸に深く刻み込まれた良い思い出として残るだろう。

「そう言っていただけますと、私も案内した甲斐《かい》がございます。それでは、今日のところはこれで失礼いたします。明日から、またいつものスケジュールに戻りますので、くれぐれも体調にお気を付け下さって、今夜は早めにお休み下さい」

冴島が一礼して、部屋を出ていく。

「今日はありがとうございました」

アスムが慌てて礼を言うと、ドアを開けて、もう一度頭を下げる冴島が微かに微笑んだように見えた。

「随分と楽しかったようでございますね」

お茶の支度をしながら、ピシットが言った。

「はい、夢のような時間でした」

アスムの手には、冴島に買ってもらった帽子があった。嬉しくて、部屋の中でも被っていたかったが、帽子は室内では脱ぐのがマナーだ。

「母上様の生まれた街は、そんなによろしゅうございましたか？」

ピシットがカップに注いだお茶をアスムの前に置いた。

「え…」

「母上様のお生まれになった上野の街を見に行かれたのでしょう？」

ピシットが怪訝そうな顔で訊ねてくる。

「も、もちろんそうです」

アスムは心の中で母に謝った。もちろん上野の街を見ることはアスムのかねてよりの念願でもあった。だが、今日こんなにも楽しかったのは、冴島の存在が大きかった。だから、上野の街がそんなに良かったのかと訊ねられて、すぐに答えられなかったのだ。

「そんなによろしかったのなら、やっぱり私も上野の街を見とうございました」

ピシットは自分だけ置いてきぼりにされたことを、少し根に持っているらしい。

だが、アスムが考えていたのは、そのことではなかった。

今日こんなにも楽しかったのは、冴島の存在が大きいことは分かっている。逆に言えば、冴島と一緒に出掛けたのでなければ、こんなには楽しくなかったということだ。

もし冴島と出掛ける前に、ピシットと二人で上野の街を訪ねることが叶っていたらどうだろう。母の生まれた上野の街を訪ねられたことに感動はするだろう。だが、ここまで楽しいと思える気持ちが芽生えたかどうか、おそらく答えは否だ。

つまり、今日は上野の街を一緒に訪ねる相手が冴島だったことが重要なのだ。

ならば、冴島とピシットの違いは何だろう。乳兄弟のピシットとは小さい頃からほとんど一緒で気心も知れている。もしピシットが何らかの事情で侍従を辞めなければならなくなったとしたら、自分は必死になって辞めないように頼むだろう。それぐらい、ピシットはアスムにはなくてはならない人間なのだ。

だったら、冴島はアスムにとって、どういう存在なのだろうと改めて考えてみる。冴島は覚えていないようだが、冴島とは六年前に王宮で会って話をしている。冴島との出会いがなければ、おそらく今の自分はなかっただろう。

だから、冴島も、自分にとっては特別の相手で、今回日本に来て、冴島と再会できることを何より楽しみにしていた。

何よりも楽しみにしていた？　母の生まれ育った上野の街を訪ねることよりも…？

アスムにも大分分かってきた。多分、自分にとって、今日のことでより重要なのは上野の街を訪ねられたことよりも、冴島と出掛けられたことなのだろう。

そんなアスムを見て、天国の母は親不孝ものと嘆《なげ》いているかもしれないが、そういう答えが導《みちび》かれた以上、認めるしかない。

「それにしても、冴島さんも不思議な方ですよね。幾ら任務とは言え、ここまで殿下の為に骨折って下さるなんて。今日のことなんて、上にバレたら、間違いなくクビが飛びますよ」

「え…」

迷惑を掛けることになるとは思ったが、冴島が職を失う程の大事になる可能性は考えていなかった。

「おそらく殿下がそこまで考えていらっしゃらないのは分かっておりましたが、冴島さんはいざという時は覚悟の上だったと思いますよ」

ピシットが苦笑いしている。

「ぼ、僕…そんなこととは思ってもなくて…」

今更ながら、アスムは青ざめた。国の代表として来ている者が我儘を言う。そのことがどれだけ周囲に及ぼす影響が大きいかを改めて知った。

「まぁ、よろしいのではないですか。こうして、誰にもバレずに無事に戻ってこられたのですから」

終わり良ければ全て良しです、などとピシットは呑気に日本の諺《ことわざ》を持ち出しているが、明日冴島に会ったら、謝ろうとアスムは決めた。そして、二度と我儘を言わないことを決心する。本当に守れるかどうかの自信はなかったが。

「そういえば、殿下、ご存じでしたか？　冴島さんって、まだ独身なのだそうですよ。結婚指輪をされていないとは思っていたのですが。エリート官僚で、あの年だったら、とうに結婚されていてもおかしくないでしょうに、なぜでしょうね？　今日、何かプライベートなお話はされませんでしたか？」

ピシットはなぜか興味津々だった。そういえば、バブラクでもピシットは内情に精通していて、女官たちの噂話にも目ざとい。

「京都の生まれだとは聞きましたが」

もっと色々な話を聞いてみたかったが、途中でそういう雰囲気ではなくなった。

長い間、生まれた街には帰らず、東京で暮らしていると言っていた。寂しくはないのだろうかと思ったが、訊くのは憚られた。

「へぇ、なるほど、京都ですか。確か西の方にある、古い都でしたよね。でも、どうしてまだ独身なのでしょうね。あの容姿で、女性に人気がない筈はないと思うのですが、何か事情でもあるのでしょうか？」

「さぁ…」

アスムは素っ気なく言った。

「あれ、冷たいですね。殿下は、冴島さんに興味ありませんか？　随分と気に入っておられるように見えたのですが」

「………」

今の今まで冴島が結婚している可能性を考えなかった自分に、アスムはショックを受けていた。言われてみれば、冴島の年なら、結婚している可能性の方が高い。それなのに、今の今までその可能性を考えなかったのは、なぜだろう…。

冴島が独身だと聞いてホッとしている自分が確かにいる。

だが、結婚していなくても恋人がいないとは限らない。ここに来て、その可能性の方が高くなった。

不忍池のボート乗り場で、冴島の様子がおかしかったことを思い出す。冴島は以前にもスワンボートに乗ったことがあるようなのに、その時の話はしたくないようだった。あのような場所に一人で行く筈はないから、おそらく恋人と一緒だったのだろう。そして、その恋人と一緒にもんじゃを食べたのだろうか…。

もんじゃの店で、思わず自分が取り乱してしまったのは、きっとそのことが分かっていたからに違いない。

「そろそろ夕食の時間ですので、用意して参りますね」

ピシットが部屋を出ていっても、自分の考えに捕われているアスムはその場から動けないでいた。

4

昨日は色々なことがあり、ベッドに入ってからも考え事をしていたせいで、うっかり寝不足になってしまった。冴島からも早く休むように言われていたのに。

目ざとい冴島のことだから、アスムの寝不足はすぐにバレてしまうだろう。そうしたら、きっと冴島に叱られる…。

今朝は戦々恐々として冴島の到着を待っていたアスムだったが、しかし迎えにやってきたのは冴島ではなかった。

「高埜杏子《たかのきょうこ》と申します。外務省・アジア太平洋州局南東アジア第二課に勤務いたしております。本日は冴島の代わりに、殿下のご案内役を仰せつかりました」

どうやら冴島の部下らしいが、二十代半ばぐらいの女性で、如何にも仕事ができる感じだった。

「あ、あの…冴島さんは、どうしたのですかッ？」

血相を変えて、アスムは杏子に詰め寄った。昨日の今日であるから、アスムの頭にまず浮かんだのは、昨日のことがバレて咎めを受けたのではないだろうかということだった。

「落ち着いて下さいませ、殿下。冴島は本日の夜に開催されますレセプションパーティの支度で、どうしても外せない用事ができてしまい、本日一日だけ冴島に代わって私がご案内させていただくことになっただけでございます。冴島も、パーティーまでには参ると存じます」

「そうですか…」

アスムは、ほぅ…と大きく息をついた。ピシットに散々脅かされたせいもあって、もしやと心配したのだ。もし、そんなことになったら、たとえ外交問題に発展しても冴島を庇うつもりではいるが。

「では、さっそくですが、スケジュールが詰まっておりますので参りましょう」

儀礼的に頭を下げ、杏子がホテルの外へとアスムを誘導する。

彼女は、どことなく昔の冴島に雰囲気が似ていた。クールというよりは冷たい感じがするのだ。六年前、バブラクの王宮で初めて会った時の冴島もこんな感じだった。だが、冴島は決して冷たいだけの男ではなかった。

視察が始まったが、冴島がいないと、どうにも落ち着かなくて、アスムは関係者の話を聞く間も集中できないでいた。今までは冴島がいつも傍にいてくれて、安心できたのに。

「ご気分でも優れませんか？」

すると、そんなアスムの様子に気付いて、杏子が気遣いの言葉を掛けてくる。だが、杏子の言葉には心が入っていなくて、冴島のようにはアスムの胸には響かない。

「大丈夫です」

次第にアスムと杏子の間にぎくしゃくとした雰囲気が募っていく。冴島と比べすぎるのも悪いとは思うが、一旦持ってしまった苦手意識はどうにもならなかった。

「殿下、これを」

午後に入り、アスムが杏子への苦手意識をあからさまに表すようになると、移動中の車の中で、杏子が差し出してきたものがあった。それは、甘い菓子の入った袋だった。

「申し訳ございません。殿下にお疲れが見えたら、これをお渡しするように…と冴島から言いつかっておりました」

「冴島さんから?」

冴島からだと聞いて、アスムは喜び勇んで袋を開けた。礼を言って、さっそく中の菓子を食べる。

「……?」

「お口に合いませんか?」

アスムが少し変な顔をしたことに杏子は気付いたようだ。

「い、いえ」

確かに先日冴島から直接もらった菓子程美味しくはなかったが、それでも冴島の気遣いが嬉しかったので、全部食べた。

冴島の菓子のおかげで、午後からの視察も全て無事に終えることができた。

長い一日が終わって、ようやくホテルに帰れることになったが、帰りの車の中で、アスムは自分の身体の変化に気付いた。

疲れが出ているとか、調子が悪いとかということではなく、どことなく身体がカッカッするのだ。身体のだるさなどはないので、病的なものではないようだが、不思議な感じがする。

「如何なされました？」

杏子が声を掛けてくるが、アスムはただ首を横に振った。彼女に対しては、心配を掛けたくないというよりは弱みを見せたくない気がした。弱みを見せると付け込まれてしまいそうな危機感があった。

「そろそろ冴島もホテルに到着している頃でしょう」

杏子が腕時計の針を見て、言った。

アスムは、ようやくホッとした笑顔になった。

「殿下は、余程冴島のことを信頼されているのですね」

ふっ…と杏子の口元から、意味深な笑みが零《こぼ》れる。

「…？　も、もちろんです」

アスムは首を大きく縦に振った。冴島がいたから、今のアスムがある。今回、再会してからも、冴島は誠心誠意尽くしてくれている。

「あの男を盲目的に信頼されるのは止めた方がいいと思いますよ。あの男は、おそらく殿下が思っていらっしゃるような人間ではありません」

杏子の口調は、とても冷めていた。まるで杏子自身、冴島に含《ふく》むところがあるような物言いだった。

「え…」

アスムには、杏子がなぜそんなことを言うのか、さっぱり訳が分からない。彼女は冴島の部下ではないのか…。今日だって、用事のできた冴島の代わりにアスムを迎えにやってきた。

「冴島さんはいつも僕のことを考えて下さってます」

どんな事情があるのか知らないが、今日初めて会った人間に自分の上司を悪く言う杏子の方こそ信用できない、とアスムは思う。それに、アスムは人の言葉より自分の目で見て確かめたことを信じる。冴島のことで知らないことはまだ多いのかもしれない。だが、彼は信頼に値する人物だ。

「仕事はいつも完璧に…それが、あの男の主義ですから」

険悪なムードが流れる中、車がホテルの正面玄関に到着した。

今日は夜にホテルでパーティーが開かれることになっている為、いつもより帰ってくる時間が早い。

運転手に開けてもらったドアから外に降り立った途端、出迎えの人間の中に冴島がいるのを見つけて、アスムは駆け出した。

「冴島さん…」

冴島に向かって手を伸ばそうとした時、アスムはどこからか強い視線を感じてハッとする。

「お帰りなさいませ、殿下。本日はこちらの勝手な都合で、ご案内できませんでしたこと、お詫《わ》びいたします。本当に申し訳ございません」

冴島がアスムに向かって丁寧に頭を下げる。

「いえ、そんな…お仕事ですから」

冴島は今夜のパーティのことで外せない用事ができたと杏子は言っていた。それならば、アスムも無関係ではない。

その時、また誰かの視線を感じる。視線の主を探すと、そこには杏子がいた。アスムが杏子を見た時、すでに杏子は視線を外していたが、今のは一体何だったのだろう…。明らかに好意的ではない、もっとはっきり言ってしまえば憎しみさえ込められているような視線だった。

その後、冴島と杏子が互いに業務連絡のようなものを交わすのを、アスムは黙って見ていた。どことなく二人の雰囲気がぎくしゃくしているというか、他人行儀に見えたのは、アスムの気のせいだろうか…。上司と部下なら、もう少し気安い感じがあっても良さそうなものなのに。

「それでは、私はこれで失礼いたします。またパーティーの折に、お目に掛かることもあるかと存じますが」

杏子がアスムに挨拶して、帰っていく。

「では、殿下。お部屋の方で、パーティーの打ち合わせをさせていただいて、よろしいでしょうか？」

「は、はい…お願いします」

冴島と共に、エレベーターに乗り込み、最上階に上がる。そういえば、昨日はこのエレベーターに乗るのに、洗濯物に紛れて乗り込んだのだ。

今日、冴島と会ったら、色々話したいことがあったのに、いざ会えると、なかなか言葉が出てこない。

「本日のご視察は如何でございましたか？　案内役を務めました高埜に至らぬ点はございませんでしたか？」

「…だ、大丈夫です」

車の中での会話を思い出し、アスムは一瞬返事をするのが遅れた。

「もしや、高埜が何か失礼なことを殿下に申し上げたのでしょうか？」

ふと冴島の眉が寄せられる。端整な顔立ちの冴島が眉を寄せると、途端に冷たい印象が強くなって、少し恐い表情になる。アスムには滅多に見せない顔だが、おそらく本来の仕事中の冴島というのはこんな感じなのだろう。

「い、いえ、そんなことはありません」

アスムは慌てて首を振ったが、少し気になることがあったので、続けて質問した。

「でも、あの…どうしてそんな風に思われるのでしょうか？　高埜さんが僕に失礼なことを言ったなんて」

冴島と高埜は上司と部下の関係で、そこには通常なら信頼関係が成立している筈である。自分の代わりにやってきた杏子が要人であるアスムに対して失礼な振る舞いをすると思うこと自体、おかしいと言えるだろう。

「いえ、高埜は優秀な部下ですが、まだ若いこともあり、時折勢いに任せて物事を進めるところがあって、もしや殿下に対しても、その悪い癖《くせ》が出たのではないかと心配になったものですから」

冴島の返答はそつのないものだったが、やはり少し冴島らしくないとアスムには思えた。

仕事に厳しいことは分かるが、彼は最初から杏子に対して不信感を持っている気がする。

アスムも杏子に苦手意識を持っているが、それはアスムが杏子のことをよく知らないせいで、上司である冴島には杏子のことはよく分かっている筈だ。

部屋に入って、パーティーの打ち合わせをする。

「パーティーのオープニングは、まず外務大臣の挨拶から始まります。そして乾杯。それから食事、歓談という流れになっておりますが、宴《えん》もたけなわとなりました頃、殿下にもお言葉を頂戴したいと思っております」

「お言葉って、どんなことを話せばいいのでしょう?」

アスムは急に緊張してきた。一応、アラウグループの総帥という立場ではあるが、大勢の人の前で話すことは苦手だった。

「さようでございますね。初めて日本へやってこられた時の印象でも構いませんし、これまで視察に回られた企業の素直な感想でもよろしいかと存じます。…ただし、くれぐれも昨日上野で見聞きしたことは話されませんように」

最後、冴島が軽口を叩いてくれたことにより、アスムの緊張はあっさりほぐれた。

「も、もちろんです。あれは冴島さんと僕だけの秘密ですから」

アスムが言うと、冴島は優しく微笑んだ。

「これを…ご挨拶の一例として、ご用意させていただきました。殿下のお言葉でお話しになられました方が皆は喜ぶと存じますので、これはどうしても困られた時の参考程度になさって下さい」

冴島が懐《ふところ》から取り出した封筒をアスムに手渡してくれた。中に冴島が考えてくれた挨拶文が入っているのだろう。

「あ、ありがとうございます」

どこまでも気の利く男だと思う。もし彼のような男が秘書になってくれたら、仕事の効率は格段にはかどるだろうと、まるで夢のようなことを考えてしまった。でも、彼ぐらい優秀ならば、自分の秘書なんかにしておくのは勿体ない気がする。

「…殿下?」

うっかり自分の考えに捕われ、動きが止まってしまったアスムに、冴島が声を掛けてくる。

「な、何でもありません」

自分勝手な夢を見てしまった自分を叱責して、アスムは慌てて首を横に振った。

「それでは、パーティーまではまだお時間がございます。少しお休みになられるか、お寛《くつろ》ぎいただくか、ご自由にお過ごし下さいませ。三十分前に改めてお迎えに上がります」

冴島は少し不思議そうな顔をしたが、それ以上は追及してこなくて助かった。おそらく長居をすれば、それだけアスムの休む時間が減ることを懸念《けねん》したのだろう。

アスムとしてはこのまま冴島と話していたいところだが、冴島にも支度があるだろうから、我儘を言ってはいけない。

「分かりました。それでは、また後で」

それに、アスムも少し休みたい気持ちがあった。帰りの車の中で感じた身体の違和感が少しずつ大きくなっている。冴島に相談しようかとも思ったが、病的なものとは違う気がするので、余計な心配を掛けたくなくて黙っていた。

冴島が部屋を出ていくと。アスムはベッドに横になった。

身体がカッカするのは車の中で感じたものと同じだが、ここに来て何となくむずむずし始めた。妙に落ち着かないというか…冴島が傍にいると、その感覚が強くなる気がする。まさか変なものを食べた訳でもないのに。

そういえば、自分はまだ冴島が杏子に預けた菓子の礼を言っていなかった。パーティーで機会があれば、言おう。

ともかくアスムは少しでも身体の違和感が取れるようにと、パーティーの仕度の手伝いにピシットがやってくるまでベッドの中でじっとしていた。

身体のむずむずが取れる気配はなかったが、病気という訳ではないので、パーティーを欠席する訳にはいかない。

レセプションパーティーはホテルでも一番広い宴会場を使って行われた。

眩《まばゆ》いシャンデリアの明かりの下で、華やかに着飾った男女がグラス片手に歓談している。

パーティーには様々な職業の人たちが招待されていて、アスムに挨拶にやってくる人間は引きも切らない。全員の話を聞いていては、それこそ一晩掛かっても時間が足りない為、話を聞く人間、挨拶だけに留める人間と、冴島が的確に振り分けてくれた。

「殿下、お飲み物をどうぞ」

挨拶のラッシュが過ぎると、冴島がナプキンを巻いたグラスを差し出してくる。ナプキンで包んでいるのは水滴が落ちないようにする為と飲み物が手の熱で温まるのを防ぐ為だろう。

「あ、ありがとうございます」

冷たい飲み物が、渇いた喉を潤《うるお》してくれた。ホッと一息ついて、控え目な視線を隣の冴島に送る。

いつものビジネススーツとは違い、冴島も今夜はタキシードを身に着けていた。それが、また長身の彼によく似合うのだ。

「あ、あの…今夜の冴島さんは一段と素敵です」

アスムは思い切って自分の思っていることを伝えてみた。いつものスーツ姿もいいが、タキシード姿の冴島は惚れ惚れするぐらいに格好良かった。何だか冴島が眩しく見え、さっきからアスムはまともに冴島の姿を目に入れられないでいる。

「ありがとうございます。殿下は、バブラクの民族衣装がとてもお似合いです」

僅かに冴島の目元が赤らんだ気がした。一方、アスムは初めて日本にやってきた日と同じくバブラクの民族衣装を身に着けている。

「今の間に、何かお召し上がりになられますか？」

このようなパーティーで料理目当てに来る人間はほとんどなく、料理の載ったテーブルにはほとんど人は集《つど》っていない。大抵、ボーイが配って歩いている飲み物片手に話している。

「あ、いえ…」

ようやく一息ついたが、まだアスムには壇上に上がって行う挨拶が残っていた。

身体の異変もあって、珍しく食欲がなく、アスムは断ろうとするが、その間にも冴島がさっさと料理の並んだテーブルまで歩いていき、適当に見繕《みつくろ》って皿に載せて戻ってくる。

「少しはお召し上がりになられた方がよろしいですよ」

「は、はい」

冴島に言われて、アスムがフォークを手に持ち、皿の上の料理を口に運ぶ。

だが、冴島が取ってきてくれた料理は全てアスムの好物と言えるものばかりなのに、どうにも味気なかった。

アスムは先程よりもむずむずする感覚が大きくなった身体を持て余していた。

本当にこんな感覚は生まれて初めてだった。

「殿下、申し訳ございません。少しの間、席を外します」

その時、冴島が何かに気付いたように言った。それから近くに控えていたピシットを呼んでアスムの世話を任せると、足早に歩き出した。

何か用事でもできたのだろうかと思って、アスムが会場を出ていく冴島の背中を目で追っていると、会場を出たところで高梺杏子が待っているのが見えた。

彼女は冴島の部下であり、上司と部下が仕事の打ち合わせで会っていても何の不思議もない。

だが、アスムは気になった。

杏子は明らかに冴島をよく思っていないようなことを言っていたし、冴島も杏子に不信感を抱いているような発言をした。

「あ、殿下」

アスムは冴島の後を追いかけた。ピシットも慌てて後から付いてくる。

会場を出たところで、アスムはきょろきょろと辺りを見回し、冴島と杏子を探した。

だが、近くに二人の姿は見当たらない。尚も探していると、ホテルの中庭に出られる扉を見つけた。

アスムは迷わずその扉を開けて外に出た。ピシットは訳が分からないようだが、それでも黙って付いてきた。

(冴島さん…)

中庭に出ると、外灯の明かりに照らされて、大きな木の下で二人の男女が話している姿が目に飛び込んできた。冴島と杏子だ。

近付くと、何やら言い争っている声が聞こえる。

「二度と勝手な真似はしないでもらいたい」

「元々、あなたに急な用事が入って、殿下の案内ができない場合は、私が代理として伺うことになっていた筈よ」

「今日、私が代理を頼んだのは成田《なりた》くんだ。君は私からの指示だと言って、強引に成田くんと代わったそうじゃないか。今日の視察が無事に終わったから良いようなものの、もしこちらの不手際が原因で、万が一殿下の身に危険が及ぶような事態になっていたら、どう責任を取るつもりだ？」

今日、冴島の代わりにやってくるのは別の人間の予定だったと知って、アスムは納得した。道理で、ホテルのエントランスで杏子から報告を受けていた冴島の態度が固かった筈だ。

「そんなにあの殿下のことが心配？　まぁ、可愛い皇子様だけどね。ああ、そんな恐い顔しなくても大丈夫よ、私は早くも嫌われたみたいだから」

「今日の一件は、私の心の内に留めておくが、今度、勝手な真似をしたら、上に報告して処分を検討させてもらう」

「ご勝手にどうぞ。相変わらずの仕事第一主義は変わらないみたいね。姉さんも可哀そうに。でも、今となってはあなたと結婚する前に死んで幸いだったかもね。あなたが、こんなに不誠実な男だと知らずに済んだんだから」

アスムは驚いて、足元に落ちていた小枝を踏んでしまった。静かな外に、その音がよく響く。

「誰ッ？」

杏子がハッとして声を張り上げた。

アスムはびくっとなって、その場に立ち竦《すく》む。

「あら、育ちの良い皇子様に盗み聞きなんて似合わないわよ」

杏子がアスムに気付いて、皮肉たっぷりに言った。

「止めろ！　八つ当たりの相手を間違うな」

冴島が恐い顔で杏子を睨んだ。

「八つ当たりですって…」

杏子が悔しそうに唇を噛む。それから、キッとした顔でアスムを睨んだ。

この時、アスムには分かったことがあった。最初は杏子は冴島のことをよく思っていないのだと思ったが、そうではない。彼女がよくない感情を抱いているのは冴島に対してではなく、アスムに対してなのだ。アスムのことをよく思っていないから、アスムに優しく接する冴島に対してもきつく当たるのだろう。もちろん彼女と会うのは今日が初めてで、アスムには彼女に嫌われる理由にさっぱり心当たりはないのだが。

「殿下、みっともないところをお見せして申し訳ございません。さぁ、会場に戻りましょう」

冴島がアスムの元に歩いてきて、建物の中へとアスムを促す。アスムには冴島に訊きたいことがたくさんあったが、今は訊ねられる雰囲気ではなかった。

「殿下、身体の方は変化ございませんか？」

杏子がアスムの背中に向かって言った。

「え…」

アスムはゆっくりと振り返った。どうやら杏子の声は冴島には聞こえなかったようだ。

杏子の挑戦的とも言える瞳がじっとアスムを捉えている。彼女が急にアスムの身体の調子を訊ねる理由が分からない。

「殿下、参りましょう。そろそろ殿下からご挨拶の言葉を頂く時間になります」

冴島に急かされ、アスムはそのまま会場へと戻った。

挨拶を終え、一礼すると、会場内から盛大な拍手が上がった。

役目を終えたアスムが壇上から下りると、冴島が拍手で出迎えてくれた。

「殿下、素晴らしいスピーチでした。あれなら、私の挨拶文など全く必要ございません」

「そんなことないです。冴島さんのおかげです」

半分は冴島の考えてくれた挨拶文を参考にして、半分は行き当たりばったりだったが、アスムの日本に対する特別な想いは皆に伝わったようだ。

「お飲み物をお持ちいたしま…殿下!」

大役を果たした途端、緊張が解け、アスムの身体から力が抜けた。つい冴島の方に身体を凭せかけてしまい、咄嗟に冴島に支えられる。

「あ…っ」

その時、むずむずする身体が、急にカッと熱くなったような気がして、アスムは小さな声を上げてしまった。自分でもおかしな声を出してしまったと思ったのだ。

皆の前で挨拶することの緊張のせいか、身体がカッカする感覚は一旦治《おさ》まっていたのに、ここに来て、むずむずと同じぐらい大きくなった。

「大丈夫でございますか？　どこかお身体の具合でもお悪いのでしょうか」

明らかに様子のおかしいアスムに冴島は心配そうだ。

「す、すみません…」

冴島の手がアスムの腰に添えられる。冴島はただアスムの不安定な身体を支える為にしたことなのに、冴島の手が触れたところから、ぞくぞくとした感覚が迫《せ》り上がってきて、もうアスムはまともに立っていられない。

「ああっ」

「殿下？」

冴島はとても怪訝そうにしている。だが、アスムだって、自分でもどうしてこんな風になっているのか分からない。

「こちらへ」

冴島が会場の隅に置かれた休憩用の椅子にアスムを促す。その間も、アスムは自分に添えられた冴島の手の動きを無意識の内に追いかけてしまっていた。その手にもっと触れられたいと思うなんて、一体自分はどうしてしまったのだろう…。

「ここで少しお休み下さい。それとも、お部屋にお連れした方がよろしゅうございますか？」

アスムは息遣いまで荒くなってきた。自分でも身体が異常に熱くなっているのが分かる。

「お、お願いします」

このままだと、自分はどうなってしまうのか分からない恐怖に捕われ、部屋へ戻ることを選択した。立場上、公《おおやけ》の場で醜態《しゅうたい》を晒《さら》す訳にはいかない。

「承知いたしました」

冴島は後のことをピシットに任せると、アスムを連れて一足先に会場を出た。

部屋に向かう道すがら、自分に触れている冴島の手の位置が変わる度、アスムは一々反応してしまう。冴島の手がどこを触ったとか、今はなぞるような動きだったとか、そんなことを考える度、ぞくぞくした痺《しび》れが強まった。その手に全身を撫でられたら、どんなに気持ちいいだろう…などと恥知らずなことまで考えてしまう。

だが、冴島に触れられると、不思議と安堵するのだ。ますます熱く、むずむずすることに変わりはないが、この異常な熱からは解放される気がした。

「ともかくベッドへ」

部屋に入り、冴島が医師の手配をしようとするが、アスムは断った。

なぜなら普通の医師では、今のアスムの状態を治すことができないからだ。

なぜこんなことになっているのか、その原因は分からなかったが、治す方法なら、おぼろげながら分かってきた。

「では、せめてお水を」

「待って下さい…」

水を注ごうとアスムから離れようとした冴島を、アスムは必死に手を伸ばして引き留めた。

「殿下？」

「…お…お願いです……どうか…僕に触れて下さい…」

蚊の鳴くような声で、アスムは訴《うった》えた。自分がどれだけ恥知らずな頼みをしているのか、よく分かっている。だが、もう自分ではどうにもならないのだ。王族として培《つちか》われた理性も鍛《きた》え抜かれた平常心も、ふつふつと湧き上がってくる欲望の前では何の役にも立たなかった。

「殿下、もしかしたら何か…」

冴島はアスムの身体の異常に何か思い当たることがあったようだが、アスムにはもうどうでも良かった。ただ今は冴島に触れてほしかった。

「お願いします…」

アスムは必死で冴島に縋《すが》った。誰でもいい訳ではない。冴島だから、冴島なら、こんな恥ずかしい自分を見せてもいいと、そう思えるから。

「…………」

冴島も最初は戸惑いを隠せない様子で手を出しかねていたが、アスムの切実な願いは伝わったようだ。

「承知いたしました」

きっと冴島ならば、こんな自分でも見捨てたりはしない。狡いことを言ってしまえば、たとえ、それが要人に対する義務感からだとしても。

「こちらへ…立っているのがお辛いのでございましょう」

冴島はアスムの身体を支えるように手を貸してくれ、ベッドへと誘導してくれた。

重い民族衣装を取り払い、下着姿のアスムを優しくベッドに横たえさせる。そうしている間にも、冴島の手が添えられた箇所から次々と淫《みだ》らな熱が生み出されるのを止められなかった。

「失礼します…」

「あ…」

アスムの上から覆い被さるように身体を重ねてきた冴島の胸を、アスムは咄嗟に押し返す素振りを見せた。

「恥ずかしがらないで下さい…今の殿下はご病気なのです。だから、どんな反応をされても、それは病気のせいです。いいですね…?」

「はい…」

冴島の心遣いが嬉しかった。今のアスムは病気だから、どんな振る舞いをしても、全ては病気のせいにしてしまえばいいと言ってくれているのだ。

「身体の力を抜いて…全てを私に任せて下さい…」

冴島の腕の中で、アスムの身体は小さく震えた。それは、決して恐怖からではなく、おそらく期待からであったことを、アスム自身分かっている。

冴島が、アスムの身体のラインに沿って、ゆっくりとした手の動きで触れてくる。先程からずっと身体の熱を持て余しているアスムには、それが逆に焦《じ》れったくてたまらない。

「ちが…もっと…！」

思わず身体を浮き上がらせて、アスムは叫んでしまった。叫んでから、ハッとして慌てて顔を背《そむ》ける。

「焦らないで下さい…時間はまだたっぷりあります…」

冴島が微笑んで、優しくアスムの髪を撫でてくれた。昔、母に頭を撫でられた時のように心地良くて、だが、髪を撫でられている間にもびりびりとした電気のようなものが走る。

「キスしても、よろしいですか？」

冴島の長い指が、そっとアスムの顎《あご》を持ち上げた。

「は、はい…」

見つめられ、とてもどきどきする。

「ん…っ」

口付けられると、背筋を駆け上がるぞくぞくした感覚が一段と大きくなった。だが、それ以上に、熱くて柔《やわ》らかな唇がどこまでもアスムを甘やかせてくれる。ふわふわ、とまるで宙に浮いているかのような錯覚《さっかく》を受けた。

「…ッ…ん…」

冴島がアスムの顎を持ち上げ、熱く潤った舌を唇を割って侵入させてくる。ダイレクトに舌面をくすぐられた時は、一瞬怯《おび》えたが、すぐに絡まる蜜の熱さと甘さに夢中になった。しまいに、ちゅうちゅうと自ら冴島の舌を吸い出すと、冴島の口元から、ふっ…と小さな笑みが零れる。

だが、アスムは気付かず、今度は導かれるまま、冴島の口腔内に舌を挿入した。激しい舌の交歓《こうかん》に、頭のてっぺんまで痺れていくようだった。

「あ…」

唇の端から伝い落ちた蜜の跡を、冴島が舌の先でくすぐるように舐《な》め取る。

「…もっと…して…下さい…」

アスムはきつく冴島にしがみつき、訴えた。

「もう一度…」

冴島がアスムの耳元に唇を寄せて囁《ささや》く。

「もう一度、殿下の望みをおっしゃって下さい…」

「あなたにたくさん触れてほしいです…」

アスムは素直に望みを口にした。

「ならば、私も遠慮はいたしません…」

耳元で囁かれるだけで、アスムは身体の一番深いところにある芯《しん》が濡れるようだった。

「あ…っ」

冴島の大きな掌が円を描くように胸を撫でる。その時、胸の中央に二つある小さな飾りが、ぴくんと反応して、シャツを持ち上げた。

「こんなに尖《とが》らせてしまっていますね…苦しかったでしょう、今楽にして差し上げます」

大きさと硬さを増した突起は、シャツの上からでも、くっきりと跡が付くぐらい勃ち上がっている。

冴島がシャツのボタンを外し、胸元を解放してくれた。

「…あ…んっ」

「まだ何もしておりませんよ…」

冴島が笑う。アスムは顔を赤くした。はだけられたシャツに擦られただけで、声が上がってしまった。

「綺麗なピンク色をしていますね、殿下のこれは…まだ誰も触れたことのない、とても綺麗な淡いピンクです…私が最初に触れても構いませんか?」

精一杯張り出した二つの突起のてっぺんがむずむずして、じっとしていられない。

「…ッ……」

はっきりとは答えられず、アスムが口の中で言い籠もっていると、冴島の長い指が突起に絡みついてきた。

「聞こえないようですが…？」

摘んだり、擦ったり、下から上に払われたり…そこを弄《いじ》られるのは最初は少し痛かったが、次第に気持ち良さが勝っていく。

「あ…ぅ…んんッ…」

アスムはもじもじと身体を動かし、少し胸を浮き上がるようにして見せた。

「舐めてもよろしいですか？」

ふぅ…と温かな息を吹きかけられ、びくんとアスムの身体が大きく震える。

「…そ、そんなこと…聞かないで…下さい…恥ずかしい…です…」

たとえ、そこを舐めてもらったら、もっと気持ちいいだろうと自分が思っていたとしても、だ。冴島なら、自分がいちいち言わなくても、アスムの望みを分かってくれる筈だ。

「では、私の好きにさせていただいてよろしいですね…」

アスムの顔を覗き込む冴島の目が、その時妖しく光ったような気がした。

え…と思う間もなく、次の瞬間、冴島が大きく動いた。

「ひぁ…っ…あっ…んんっ…」

ぴちゃり、といやらしげな音を立てて、熱く濡れそぼった柔らかな感触が未熟な突起を包み込んだ。

ハッとして、アスムは反射的に音のした方向を見やる。すると、冴島が上目使いにアスムを見ていて、その彼の口元には大きく尖った飾りがあった。

赤く色づいた突起をもっと紅い舌の先が押しつぶすようにこねている。

「いや…あっ…あ、はぁ…ん」

見ていられなくて、アスムは慌てて目を逸《そ》らせた。冴島の舌が右の突起から左の突起に移る。

冴島が動く度、アスムは喘ぎ、びくびくと身体を揺らした。

「ああ…とても良い色になってきましたね…殿下も悦《よろこ》んで下さっているようです…」

二つの突起を執拗《しつよう》に舐め回す冴島の声はとても楽しそうに聞こえた。

「もう…もう…止めて下さい…お願い…」

アスムは苦しげに何度も溜め息をついて、懸命に訴える。

「先程、殿下は私に一々聞くなとおっしゃったのではありませんか…だから、私は私の好きにさせていただいてよろしいですね、とお訊ねいたしました…それなのに、今度は止めてくれとおっしゃるのですか…だったら、どのようにして差し上げたらよろしいのか…殿下のお口からはっきりとおっしゃって下さい…」

「そん、な…」

先程冴島に触れられたら、どんなに気持ちがいいだろうと思ったが、それは予想以上の官能をアスムにもたらした。これまで他人と肌を合わせることは疎か、自慰すらろくにしてこなかったアスムには衝撃が大きすぎた。

だが、冴島に触れられるのが嫌な訳では決してない。ただ自分はこういうことにとても不慣れで、だから、もう少し時間を掛けて、ゆっくりと愛してほしいだけ…。

「…もう少し…あの…ゆっくりと…」

「ゆっくり？　…ああ、時間を掛けて、たっぷり愛してほしいと、そういうことですか？」

こういうところ、冴島はとても意地悪だと改めて思う。普段はあんなに優しいのに。

その時、ふと冴島の目がすでに興奮しているアスムの股間に止まった。

「ですが、こちらの殿下は余りゆっくりとも言えない状態のようですよ…」

「い、言わないで下さい…」

図星を指されて、アスムは恥ずかしさに身を竦めた。

「気になさることはありませんよ…殿下はご病気なのですから」

下着の上から、そこをぎゅっと握られると、アスムは声にならない悲鳴を上げた。

「…っ…あ……」

今度は逆に、すー、と優しく撫で上げられる。アスムの顎が上がり、その口から漏れる吐息が甘く掠《かす》れた。

「もっと…」

恥ずかしさより欲望が勝ってしまう。

冴島がじっとアスムの顔を見据えてくる。その熱い眼差しの奥に欲望の火が垣間見《かいまみ》えた。

「もっと…何ですか？　はっきりおっしゃって下さい…」

囁きながら、冴島が下着の中に手を差し入れてくる。優しく摘んで、軽くさすった。

「…あ…っ…あ、あぁっ…」

すでに燃え上がってしまった身体に、歯止めは利かなかった。いつの間にか冴島の肩に置かれていた手がぎゅっとしがみつくようになっている。

項《うなじ》に朱が混じり、それは瞬《また》く間に耳にまで及んだ。アスムの小さな耳朶が真っ赤に染まって、ぴくぴく震えている。その赤に吸い寄せられるように、冴島が耳元に唇を寄せた。

「ん…っ…」

耳朶を唇で挟んで、ゆるゆると嚙みほぐされる。アスムは大きく息を吐き出すと同時に、冴島に腰を押しつけていった。

「殿下がおっしゃって下さらないと、私はまた間違えてしまうかもしれません…」

そう言う冴島の目が笑っている。さっきのことを逆手に取って言っているのだ。やはり今夜の冴島は一段と意地悪だった。

アスムは小さく首を横に振ったが、耳腔《じくう》に熱い息を吹き込まれ、淫らな手に自身を包み込まれては、最初から無駄な抵抗ではあった。

「あ…やっ…あ、あぁ……」

堪え切れない喘ぎが、引きも切らずアスムの口から溢れ出る。わざととしか思えない焦れったい冴島の手の動きに、アスムは早々に白旗を揚げるしかなかった。

「…もっと強く…こす…擦って…下さい…」

「こう…ですか？」

上下に擦られ、冴島の下で、アスムの身体が取れ立ての魚のようにぴくぴく跳ねた。

「…っ…ふ……」

たったそれだけの刺激で、アスムは呆気なく冴島の手の中に一度目の欲望を放ってしまった。だが、これだけではまだ治まりそうもない。

「よっぽど我慢されていたのですね。まだ足りないのでしょう…？」

掌を汚したアスムのものをぺろりと舐め取ると、冴島はほとんど脱げていたアスムのシャツを取り払い、ベッドの下に落とした。

「何を…？」

虚《うつ》ろな瞳を上げて、アスムは冴島を見た。

「もっと気持ち良くして差し上げます…」

冴島の吐く息が火のように熱くなっている。

「我慢していたのは、あなただけではないということです……」

冴島の言っている意味が分からなくて、アスムは首を傾げた。

「あ……っ…冴島さんッ…」

冴島が顎の下に強く唇を押し当ててくる。その間にも、冴島の手はアスムの身体のあちらこちらを忙《せわ》しなく這い回り、その肌の持つ滑らかな感触を存分に確かめているようでもあった。

「殿下からは、バブラクの太陽と同じ匂いがします…」

冴島が柔らかな喉に強く吸いついてきて、舌を回す。アスムの手が、ぎゅっと冴島の頭を愛おしげに抱いた。

「冴島さん……あ!」

脇腹を撫で、そのまま腋《わき》を伝って胸に移動してきた指の先で、大きく勃ち上がっている突起を弾かれ、アスムは甲高い声を上げる。

「そういえば、殿下はここを弄られるのがお好きでしたね…さっきも…」

「ち、違いま…す…っ…あ、ん…っ…あ、あ、あぁ…っ!」

冴島が胸の突起を集中的に弄ってくる、アスムは一際高い声を上げて、大きく背を仰け反らせてもがいた。

「やはり何か薬でも盛られたようですね…」

冴島が独り言のように呟いて、少し硬くなった突起の先を、指の腹で強く押してくる。すると、それは指を離した時、一層大きく突き出てきた。

「…いや…です…っ…そこ…も…触らないで…下さい…」

先程胸を弄られた時の苦しさを思い出して、アスムは息を詰めた。

「日本語が堪能な殿下にしては日本語の使い方を間違っておられるようですね…このような場合は嫌ではなく良い、と言うのですよ…」

冴島の声が嬉々としている。

ぷくんと大きく突き出た突起は、ちょうど銜《くわ》えやすい大きさに育っていた。

「あ…だって…それ、は…」

冴島が舌を尖らせ、突起の先端の部分を微かに突く。

「ひ…っ…」

冴島の背にしがみつくアスムの手にぎゅっと力が込められた。

「さ、冴島さん…ッ」

「如何なさいましたか…?」

今は冴島は突起に触れるか触れないかの微妙な位置でちろちろと舌を動かしていた。まろやかな腹部を撫でていた手が脇腹に滑り、そこから股間に差し入れた手で太股を撫で上げてくる。

「やっぱりあなたは意地悪です…こんな…のは…っ…いや……です……苦しい…」

甘ったるい声で、アスムはせがんだ。執拗なのも困るが、こんなに焦れったいのも耐えられない。

「だったら、どうして差し上げたらよろしいのか、きちんと教えて下さい…」

徹底的に意地悪な冴島だった。アスムの口からきちんと告げるまで、欲しいものはくれないつもりらしい。

「…や……んんん…っ」

わざと口を窄《すぼ》めて、冴島は突起の頭に小さくキスしてきた。

くすぐったいような、むず痒《がゆ》いような刺激が、アスムの全身にざわめきを覚えさせる。

「ますます尖ってきましたね…最初は可愛らしいピンク色をしておいでだったのに、今ではこんなにもいやらしくおなりだ…」

両の突起を二本の指で摘み上げ、ゆるゆると揉みしだく。揉み立てたそれに、紅い舌をねっとりと絡みつかせられると、アスムは全身がほどけるような熱い刺激に感激した。

「あぁ……あ…ん…っ…あっ…そこ…もっと舐めて…下さい…反対側も…たくさん…」

その瞬間、全ての柵《しがらみ》から解放されたように、アスムは憚らない願いを口にした。今夜のアスムは病気だと冴島は最初に言ってくれたではないか…、どんな反応をしても、それは病気のせいなのだ、と。

「殿下のお望みのままに…」

いやらしい赤色に染まった小さな果実の根元から先端までを、冴島が丁寧に舐めほぐしてくる。時にいたぶるようにくすぐったり、または絡め取るように扱《しご》いたり…左右交互に何度も何度も。

「それから？」

「…あ……吸って…ほし…いです…」

大きく張り詰めたそれは舐められるだけでは次第に物足りなくなっていった。

「はぁ…んっ…」

強く吸われて、アスムは大きく喉を仰け反らせたままの姿勢で、ぱさぱさと髪を振り乱した。そこから何かが溶け出しそうな予感がする。

「………あ」

気付いたら、アスムは二度目の射精を終えていた。アスムの下着を汚しているのは、明らかに欲望の残骸だった。

「少し早いようですが…」

胸に吸いついたまま、冴島が手を伸ばし、仰け反った喉のラインに、すすと指を這わせてくる。ひくっ、とアスムの喉が引き攣ったように鳴いた。

「…だって……冴島さんが意地悪ばかり…するから…」

押し寄せてくる快楽の波が大きくなりすぎて、アスムは段々と息苦しくなってきた。

「申し訳ございません…ですが、殿下が余りに可愛いらしいのがいけないのでございますよ…」

突起を口に含んだまま喋られると、舌と歯が一緒に当たって、一層の快感を助長する。

「ほら、ここを弄りますと、とても可愛い声で鳴いて下さるから…私も、つい調子に乗ってしまいます…まさかこんな夢みたいな機会が訪れるなんて思ってもみませんでしたから…」

独り言のように呟かれた後半の台詞《せりふ》はアスムにはよく聞き取れなかった。

冴島が唾液でぐっしょり濡れた突起を更にしゃぶってくる。震える喉の奥から漏れる喘ぎは、啜《すす》り泣くような声に変わった。

「もう…もう……やめて…くだ…さい…ッ」

薄く開かれた唇から苦しげな息がしきりに漏れた。もう許してほしい。

冴島にならば、どんなことをされても構わないと思っている。でも…。

「ほら、また間違った日本語をお使いになられましたよ…このような場合は何とおっしゃればいいと、さっき私はお教えしましたか…」

「…そん、な……あぅ…っ…」

痛いぐらいに張り詰めている突起に軽く歯を立てられる。その瞬間、びくんとアスムの身体は大きく跳ね上がった。

「良い…でございましょう？　間違った日本語ばかりお使いになられると、達《い》かせて差し上げませんよ…」

冴島の指が唇が舌が、アスムの艶《なま》めかしい身体のそこここを彷徨《さまよ》いながら、ねっとりとまさぐり下りていく。いつの間にか、アスムの身に着けていた下着は全て綺麗に剝ぎ取られていた。

「…ちが…い…ます…ッ」

朦朧《もうろう》とした意識の中で、アスムは叫んだ。今日の自分はいつもとは違っていて、だからそれは一種の病気と言えるのかもしれない。だが、アスムにもはっきりと分かったことが一つあった。それは、自分が今、こんなにはしたない振る舞いをしているのは相手が冴島だから…ということだ。

「何が違うのでございますか？」

一瞬、冴島の声が険を帯びたように聞こえた。

「…あなたに触れられると…良すぎるんです…だから…とても困るのです…」

相手が冴島だから、冴島のすることなすことに自分は感じてしまって、自身では到底制御できなくなる。それは、つまり自分は冴島のことを…。

「本当に可愛すぎますね、殿下は…」

ようやく顔を上げた冴島は少し困ったような顔で笑った。その時、冴島の大きな掌が、おもむろにアスムのものを包み込んできたが、まだ達くことは許されなかった。

「はぁ……、ああ…んん……」

強く弱くリズミカルな手の動きで、冴島がアスムのものを扱く。二度達したそれが、すでに三度目には炎の塊《かたまり》と化していた。快楽のよがりで、切なく甘いアスムの嗚咽《おえつ》が部屋の隅に吸い込まれていく。

ぺろりと自分の唇を舐め、冴島がアスムの下腹部に伸し掛かってくる。無防備に投げ出された下肢を左右に開き、勃ち上がってぴくぴく震えているアスムのものに両手を添えた。その先端にちろちろと舌を這わせた後で、一気に口に含んでくる。

「……くっ……う……ん……あ、あぁっ……」

アスムは冴島の頭に力ない手を置いたが、それは決して行為を止めさせる為のものではなかった。憎からず思っている男の口で愛されるのに不満がある筈もない。だが、冴島の口の中が気持ち良すぎて、途端に猛烈な射精感に襲《おそ》われる。

「は……やく……早く……っ……お願いですから……もう……ッ……」

ついに堪え切れなくなったアスムは、涙ながらに懇願した。

「まだ、でございます…」

しかし、意地悪な男の口から待望の許しをもらうことはできなかった。

「そんな…ッ」

しきりに腰をくねらせているのは、押し寄せる熱い波をどうにかして紛らそうとしているからだが、こんなことをしても無駄なことは分かっている。とうにアスムの身体は冴島の手に堕《お》ちてしまっているのだから。

纏わりついてくる舌は、唾液に濡れて熱く潤っていた。アスムは苦痛と快感、緊張と弛緩、恐怖と悦楽を交互に味わわされることになり、次第に快感と弛緩と悦楽にのみ、支配されていく。

「…あ…イク……イキたい…です…イカせて…下さい…」

濃厚な愛撫に、アスムの思考は完全に活動を放棄《ほうき》した。冴島の舌技に合わせ、内圧が加速して高まっていく。アスムの身体の奥深くに淫蕩《いんとう》の味が刻みつけられた。

「よろしいですよ…存分に達って下さい…」

「はっ…あああ…っ」

念願の許しを得て、冴島の口に銜えられたまま、アスムの高ぶりが派手に弾けた。

ごくん、と音がして、冴島はアスムの放ったものを全て飲み干したようだ。

はぁはぁ…と荒い息で上下する胸の突起が生々しかった。アスム自身にへばりついた粘液を綺麗に舐め取りながら、冴島が伸ばした手の先で突起をきゅっと捻《ひね》り上げてくる。

「…んっ…くぅ……」

激しい放出が終わっても、冴島はアスムのものから口を離そうとはしなかった。深く達した余韻《よいん》で、アスムの下肢が断続的に痙攣《けいれん》して、時折、発作のように垂れ流す残り汁を、最後の一雫まで吸い取っている。

しかし、この冴島の行為は意図的だったのだろう。再びアスムのものが奮《ふる》い立つのを待っているのだ。すでに三度欲望を放出したというのに、アスムは股間がまだ火照《ほて》っているのを感じた。それは身体の一番奥にある芯にまで響く。すでにアスムの身体はこれだけでは満足できないところまで来ている。アスムの身体は、冴島の熱い男に共鳴していた。

冴島が身体を起こし、シーツの上にしどけなく投げ出されたアスムの身体をじっと見下ろしている。

「…見ないで下さい…」

冴島の視線に気付き、アスムは頬を染めた。それは余りに集中的すぎて、居たたまれない。これまでも、散々な醜態を見せたことを考えると今更ではあるけれど。

「なぜですか？　今のあなたは、こんなに綺麗なのに。…ああ、ただし、ここだけは少々行儀が悪いようですが…」

あられもなく開かれたまま動かない下肢、ぷちんと突き出た紅い突起、汗ばんだ艶かしい肌、その中にあって、ぴくぴくしている股間のものだけは行儀が悪いと冴島は言っているのだ。

放出直後の脱力感で意識が浮遊していたアスムは慌てて足を閉じようとするが、冴島が先にその間に自分の身体を割り込ませてきては、どうしようもない。

「…っ……」

不意に足を持ち上げられる感覚に、アスムは息を飲んだ。

力ない手を突いて、それでも何とか起き上がろうとするアスムの身体を、冴島がねじ伏せるようにシーツの上に押さえ込んできた。膝頭の裏を持ち上げ、更に大きく足を左右に開かせてくる。狭間が割れて、冴島の目の前で、あからさまになった。

「最高に刺激的なお姿ですね…」

アスムの足を肩に担ぎ、剝《む》き出しにしたそこを冴島が両手で攻めてくる。

「あ、あ、あ、あああっ…」

秘密の場所を白日の下に晒され、アスムは再びよがった。苦もなく二本の指を受け入れるそこは、冴島の男を受け入れる準備を先に始めている。アスムの身体は冴島の愛撫を受けたことにより、男を受け入れることのできる淫らなものへと変化していた。

「…だめ、です…っ」

抜き差しする指の速度が早まるにつれ、知らず浮き上がる腰を、アスムは自分でも制御することができない。

「何が…でございますか？　何が、駄目なのでございますか…？　おっしゃって下さい…」

抜き差しする指の速度を更に早めながら、冴島がそこに唇を寄せてくる。冴島を求め、すでに蠢《うごめ》き始めている入口に、くいと舌が差し込まれた。だが、まだ深くは入れてこない。入口付近をゆるゆると刺激するだけ。

「…はな…し…て…下さい……も……はなし…て……」

しきりに拒絶の言葉が口をついて出るが、決してアスムはこの行為を嫌がっている訳ではなかった。それは冴島の言う通り、間違った日本語を使っているということになるのだろう。

「離してもよろしいのですか…？　このまま離してしまったら、殿下は狂っておしまいになるかもしれませんよ…」

「…ああ…いや…ぁ……」

唇で軽く吸い立て、舌先を回してくる。湿り気を帯びたそこを更にねぶり回して、冴島は中に差し込んだ指を二本とも引き上げた。

「…あ……」

途端にそこに芽生える喪失感、たまらない飢《う》え。アスムの身体がシーツの上であがき、激しくのたうった。感じれば感じる程、アスムは焦れったくなってくる。もっと大きな、もっと強烈な快感が欲しくてたまらなくなるのだ。

「やっ…いや……い…や…です……いや…っ」

のたうつアスムの身体を巧《たく》みに封じながら、冴島が愛撫を続ける。軽く吸いつき、舌先でくすぐり、更に奥をねぶり回す。アスムの足が宙を蹴り、淫らな舞いを踊った。繰り返される拒絶は、もうただのうわ言でしかない。

「殿下…おっしゃって下さい……この私にどうしてほしいのか…」

冴島の言葉の中に、悲痛な響きが混じっていることを、アスムは気付かなかった。

「…な、に…何を…言って…」

舌を抜き差しする口から漏れる獣のような荒い息遣いに合わせて、アスムの腰は振り乱れた。

怒涛《どとう》のように押し寄せてくる快楽の波と、溢れ出す感情がないまぜになって、すでにまともな思考は働かない。

「私は、あなたの中に入ることを許されるのですか…？」

冴島の口から切実な訴えが漏れた瞬間、甘美な攻めに屈《くっ》したアスムのそこがついに溶け出した。アスムは淫らな快楽に否応なく身を任せてしまう。

「言って下さい…早く！」

冴島の奥歯を嚙み締める回数が次第に増えてきた。

唾液が溢れる口を閉じ、アスムは必死になって首を横に振る。それは、決して拒絶ではないのだ。

冴島が再びアスムの中に侵入させてきた指を大きく回す。その途端、アスムの腰がせがむように揺れた。内壁が、銜え込んだ指を離さず、きつく締め上げていく。

何より身体が正直だった。冴島を離したくないと、アスムの身体が明確に訴えている。

「来て下さい…お願いします…あなたを望んでいるのは他の誰でもない…僕自身ですから…」

もうアスムは自分の気持ちを偽《いつわ》らなかった。冴島を愛していることを、ついに心と身体の両方が認めたのだ。

「ありがとうございます…」

はにかむように笑った冴島の笑顔に、一瞬見惚れる。胸の奥いっぱいに温かいものが溢れてきた。

指を引き抜き、抱え上げていた足を一旦下ろして体勢を立て直した冴島が、アスムの上から改めて覆い被さってくる。

「存分に味わって下さい…私を…そして、私にも殿下を味わわせて下さい…」

冴島が自分の腰のベルトを解き、ズボンの中で暴れる自身を引き出して、戦慄《おのの》くアスムのそこにねじり込んできた。

「…はっ…ああ…!」

唾液で濡れそぼっていても、初めて男を受け入れるアスムのそこは狭く、冴島を完全に受け入れるまでは、かなりの苦痛をアスムに与える。だが、今は痛みより冴島と一つになりたい気持ちが強かった。

「うぅ……ん…っ……」

唇を噛み締め、それに耐えようとしているアスムの表情こそが、目の前の男の情熱に更に油を注いでいることを、アスムはまだ知らない。

肉欲のたぎりを渇望《かつぼう》して、冴島がアスムの身体を強く抱き締めてくる。啄《ついば》むような口付けを繰り返されると、吐息に甘さが加わった。

「…あっ……いい…です……もっ…と…」

一旦、受け入れてしまうと、苦痛は心地良い刺激となって、それはやがてエクスタシーへと変わっていく。冴島の熱いものに満たされて、アスムは今、至上の楽園の扉を開けた。

アスムのそこが待ちかねたように冴島自身に絡みついて離れなくなる。ぴっちりと締めつけながら、ぬめぬめと動き、冴島の全てを絞り取るように蠢く。

「…いきなり強烈ですね…ッ……」

腰の律動に合わせ、朱に染まったアスムの身体がくねる。その指先が、きゅっと冴島の首に巻きついていく。同時に、アスムの荒い息が冴島の耳元を騒がせた。冴島が困ったような目をアスムに向ける。

「ああっ…あ…ん…はっ……」

半開きになった口から覗く紅い舌に誘われるように、冴島が激しく唇を貪《むさぼ》ってきた。

その間も、冴島がアスムを追い上げる腰のリズムは速まるばかりだった。

「……だめ…で…す……そ、んな…激し……」

躍動《やくどう》する腰の動きが激しくて、もうアスムは何が何だか分からない。

「まだ、です……私にはまだあなたが足りません…もっと……」

「…ああ…っ…あああっ…」

朦朧とした意識の中で、強大なエクスタシーが二人を襲う。

抱き締め合う二人の身体は、僅かな隙間もないぐらいにぴったりと合わさっていた。

「う…っ」

声が重なって、二人が同時に歓喜の渦《うず》の中へと飛び込む。身体の繋がった部分が互いの粘液にまみれ、シーツを汚した。

冴島の動きが止まった時、アスムは全身から力が抜けたようにぐったりとした。

しかし、冴島はそんなアスムをまだ解放してはくれなかった。再びアスムの上に伸し掛かってきて、容赦なくその肌を貪る。

「…冴島さ…あっ…あああ」

快楽に打ち震えながら、冴島が再びアスムの中に欲望を解き放った。たて続けに押し寄せてくる絶頂に、アスムは喘ぎ呻いて、よがり声を上げ続ける。

頭の中に絶えず白い火花が咲き、何度も弾けては、再び咲いた。

そして、どこが絶頂の切れ目か分からない恍惚の中で、アスムは気を失った。

# 5

一夜明けて、ベッドで目覚めたアスムは顔面蒼白になった。

部屋の中を見回すと、冴島の姿はどこにもない。

アスムはいつもの寝間着を身に着け、ベッドに横になっている。ベッドには乱れた様子もなく、寝間着の下の身体はさらっとしていて、昨夜の痕跡らしきものは一切なかった。まさか昨夜のことは、アスムが見た夢だったのだろうか…。

「……ッ……」

ゆっくりと上体を起こそうとして、その瞬間、身体の深い芯に鈍い痛みが走った。

それは、紛れもなく昨夜アスムの身に起こったことが夢ではない証だった。

どうやら冴島が一人で後始末を付けてくれたようだ。そして、気を失ったアスムの身体を清め、寝間着に着替えさせてくれたのだろう。

冴島の顔をまともに思い出した途端、昨夜の感覚がまざまざと甦《よみがえ》ってきて、かぁっと全身が熱くなる。

アスムは慌ててシーツを被り、ベッドの上で丸まった。

昨夜の自分は何というはしたない真似をしたのだろう。幾ら通常とは違う身体の変化があったとはいえ、自ら冴島を誘うなんて…。

『…お願いです……どうか…僕に触れて下さい…』

あのような振る舞いをしたアスムを冴島はどう思っただろうか…。呆れただろうか、軽蔑しただろうか…。

とにかく他にも恥ずかしい台詞をたくさん口にした気がする。ほとんどは冴島に言わされた気もするが。

『ほら、ここを弄りますと、とても可愛い声で鳴いて下さるから…私も、つい調子に乗ってしまいます…』

ああいうことはアスムには初めてで、よく分からなかったけれど、触れてくる冴島の指も唇も舌も、アスムよりずっと熱くて、たまらなく気持ち良かったことを覚えている。冴島の愛撫は優しいというよりは、やはり意地悪だったけれど。

そして炎より熱い冴島が自分の中に入ってきた時、とても歓喜した。

『私は、あなたの中に入ることを許されるのですか…?』

熱に浮かされたような冴島の声に、確かに自分は欲情していた。

自分が冴島に好意を持っていることは、何となく分かっていた。だが、冴島を愛していると、はっきり確信したのは昨夜だった。

六年前のあの時から、アスムにとって冴島が特別の相手だったことは間違いない。再び冴島に会える日を夢見て、この六年頑張ってきた。冴島に再会した時、がっかりされないように。

残念ながら、六年前のことを冴島は覚えていないようだけれど、今となってはどうでもいいことだ。大切なのは再び冴島に会えたという、そのことだから。

昨夜は冴島の熱を一番近くで感じることができて、とても幸せだった。

だが、昨夜のあれが狡い行為であったことも分かっている。上からの指示で、アスムの案内役を任されている冴島がアスムの頼みを断れないのを分かっていて、自分は彼を誘ったのだ。

自分は冴島が好きで、だから誘うような恥知らずな真似もできたのだと今なら思えるが、冴島にしてみたら義務感から自分を慰めたに過ぎないのかもしれない。

そのことを考えると、幸せな筈の気持ちが沈んでいくのも無理はなかった。

「殿下、まだお休みになっているのでございますか？　とうに起床の時間は過ぎています」

寝起きの良い筈のアスムがなかなか起きてこないので、侍従のピシットが心配して様子を見にやってきた。

「そろそろ冴島さんが迎えに来られますよ」

ピシットの口から冴島の名前が飛び出すと、アスムはますますシーツに包《くる》まって出ていけなくなった。昨夜の今日で、どんな顔をして冴島に会えばいいのか分からない。

「失礼いたします」

そこへ、冴島の声が聞こえてきた。迎えの時間になったのだろうが、途端にアスムの心臓の鼓動がどきどきと早鐘を打ち始める。

シーツに包まったまま、息を詰めていると、冴島がピシットに部屋の外に出ていくよう頼んでいる声が聞こえた。

「殿下…」

優しい冴島の声が、アスムに語りかけてくる。

「昨夜も申し上げましたが、昨夜の殿下は、ご病気だったのでございます。ですから、殿下が昨夜の行為を恥じる必要は全くございません」

冴島の声が優しければ優しい程、逆にアスムの胸を締めつけた。安堵の気持ちよりも、落胆の気持ちが広がっていく。やはり昨夜の行為は冴島にとっては義務感から行った以外の何物でもなかったということを改めて思い知らされた気がしたからだ。

だが、冴島が昨夜のアスムをやはり病気だったということにしたいのなら仕方ない。自分もそのように振る舞おう。これ以上冴島に迷惑は掛けたくないから。

アスムはのろのろと起き上がって、ベッドから下りた。

「あ…」

冴島の姿を視界に入れた途端、涙が零れそうになる。自分はもうこんなにも彼のことが好きで好きでたまらないのだ。気付いたら、アスムは冴島に向かって手を伸ばしていた。

だが、アスムの手が冴島に届くことはなかった。

「申し訳ございません。電話が掛かってきたようです。出ても、よろしゅうございますか？」

その時、冴島の懐の携帯電話が振動して、着信を伝えたようだ。

「ど、どうぞ」

アスムはハッとして、慌てて手を引っ込めた。

「では、失礼して」

冴島が部屋の隅で、電話を耳に当て、小声で話し始める。

その間に、アスムは手早く身支度を整えた。こんなことで狼狽えていては駄目だ。昨夜のことは一夜限りの夢を見たのだと思わなければならない。

「本日は、午前中に製菓会社とインスタント食品会社の工場の視察、午後からは日本経済団体連合会の会長との面談が入っております」

電話を終えた冴島が今日のスケジュールをアスムに伝える。

いつも通りの一日が始まった。

「殿下、申し訳ございません。一部、スケジュールに変更が生じてしまいました。午後からの予定を一部繰り上げて昼前に、午前中に予定していた二つの工場の視察の内、一つを午後に回していただきます。ご迷惑をお掛けして、本当に申し訳ございません」

「いえ、そんな…冴島さんのせいではないのですから」

スケジュールの変更が視察先の工場の都合だということぐらい周囲の状況を見ていれば分かる。

「午後の最後に組ませていただいていた新聞社の取材を繰り上げていただきましたので、記者とカメラマンの到着まで今しばらくこの部屋でお待ち下さい」

「分かりました」

一つ目の工場の視察が終わった後、どうやら二つ目視察する予定だった工場にトラブルが発生したらしく、午前中の視察ができなくなったようだ。その分を午後からの予定と入れ替えることになって、昼食を取る予定のレストランに早めに入り、記者とカメラマンの到着を待つことになった。

「…………」

「…………」

個室に案内されたのはいいが、冴島と二人っきりになってしまって、アスムは少々気まずかった。今日に限ってピシットはホテルで待機している。

いつもなら、冴島の方が色々と気を遣って話しかけてくれるのだが、今日は冴島も黙り込むことが多かった。

「あ、あの…」

「何でございましょうか？」

アスムが思い切って声を掛ければ、返事はしてくれるが、アスムの方にも具体的な話がある訳ではないので、なかなか会話が続かない。アスムが言葉に詰まれば、それまでだった。

「きょ、今日は良いお天気ですね」

「さようでございますね」

窓の外に広がる空は雲一つない青空だった。

「上野の不忍池やアメ横も大勢の人で賑わっているのでしょうか？」

冴島と上野に出掛けたのは二日前のことなのに、もう随分と昔のことのようにも思える。

「おそらく賑わっていることでしょう」

「そ、そうですよね…」

先程から尻つぼみの会話ばかり繰り返している。ますます気まずい雰囲気が募った。

「私は少し様子を見て参ります。殿下はこの部屋でお待ち下さい」

「はい…」

冴島が部屋を出ていく。一人部屋に残されたアスムの口から大きな溜め息が漏れた。

おそらくアスムと二人っきりになるのが、冴島にも気詰まりなのだ。

やはり冴島は昨夜のことを不本意な出来事だと思っているのだろうか。下手をすれば、昨夜の出来事が冴島の輝かしい経歴に傷を付けることにもなりかねないスキャンダルに発展する可能性もある。

でも、アスムは冴島が好きで、冴島だから、ああいうことになったのだと思っている。たとえ身体の異変が原因だったとしても、あの時傍にいたのがピシットならば、素直に医師の診察を受けただろう。

冴島と肌を合わせたことをアスムは後悔していない。

だが、冴島はそうではないのかもしれない。アスムには恐くて聞けないが、なかったことにしてしまいたいとそう思っているのだろうか…。

だとしたら、やはりアスムには悲しくて辛い現実がそこにはあった。

自分の気持ちが受け入れてもらえないぐらいなら、まだいい。だが、冴島に嫌われてしまったら、どうすればいいのか…。

しばらくして、冴島が記者とカメラマンを伴《ともな》って入ってくるまで、アスムは悶々《もんもん》として考え続けていた。

「本日はお疲れ様でございました」

部屋の前までアスムを送ってきて、冴島は頭を下げた。

「お疲れ様でした」

「それでは、私はここで失礼いたします。明日は八時にお迎えに上がります」

いつもは部屋の中まで送ってくれるが、今日は部屋の外で下がるようだ。

「明日も、よろしくお願いします」

アスムにはそう言って、冴島を見送ることしかできなかった。

冴島のエレベーターホールに向かって歩いていく背中を見つめる。あの背中に縋りつきたい気持ちを懸命に堪えている。

エレベーターホールに待機しているSPと一言二言言葉を交わして、再びエレベーターに乗り込もうとした冴島が不意にアスムの方を見た。

アスムは慌ててドアを開け、部屋の中に飛び込んだ。

「お帰りなさいませ、殿下」

部屋の中にはピシットがいて、アスムに声を掛けてきた。

「如何されましたか？　お顔が赤いようですが」

慌てて部屋に飛び込んだアスムの様子がおかしいことに、ピシットは気付いたようだ。

「な、何でもありません」

今、冴島をじっと見つめていたことがバレてしまっただろうか…。冴島に嫌われたくないから、これ以上彼の負担になるような振る舞いはしないと決めたのに。

「ただ今、お茶をお淹れいたします」

ピシットが立ち上がって、お茶を淹れる仕度をする。

そういえば、今日ピシットが視察に付いてこなかったのはなぜだろうと、アスムは今更ながら考えた。今日一日冴島のことにばかり気を取られて深くは考えなかったが、ピシットが同行しないなんて、よっぽどのことである。

今、ピシットはノートパソコンを使って、何やら情報収集していたようだが。

「そういえば、冴島さんはご一緒ではなかったのですか？」

お茶を淹れながら、ピシットが一緒に部屋の中に入ってこなかった冴島のことを気にする。

「あ、はい…ドアの前で別れて、もう帰られたようですが」

「そうでございますか…」

そう言うピシットがどことなくがっかりしているように見えた。

まさかピシットも冴島に会いたかったのだろうか…とアスムが的外れな心配をしていると、ピシットから鋭い指摘が飛んでくる。

「もしかして、冴島さんと何かあったのでございますか？」

「な、何もありませんよ…どうしてそのようなことを…」

内心かなり動揺していたが、たとえ乳兄弟のピシットであっても、昨夜のことを知られる訳にはいかない。

「いえ、今朝から少し…冴島さんと殿下のご様子が昨日までとは違うと思ったものですから」

流石にピシットはよく見ていた。

「き、きっとピシットの気のせいですよ」

「ならば、よろしいのですが」

ピシットがアスムの前にお茶を注いだカップを置く。

「あ、ありがとうございます」

アスムは礼を言って、カップに口を付けた。バブラクのお茶には心を落ち着ける効果もあった。

「実は、冴島さんにご相談したいことがあったのです。今朝、ホテルにこのような手紙が届いたものですから」

そう言って、ピシットがアスムに差し出してきたのは封の解かれた白い封筒だった。封筒の中に便箋《びんせん》が一枚入っている。その便箋には、こう書かれていた。

『今すぐバブラクへ帰れ。でなければ、皇子の命は保障しない』

アスムは便箋を持つ手が震えた。生まれた時から王族には命を狙われる危険が付いて回る。それが王族に生まれた者の宿命だと、幼い頃より教えられて育った。

バブラクは平和な国だが、それでもこれまで王家に敵対する組織が現れなかった訳ではない。

アスム自身、争いに巻き込まれたこともある。

「ホテルの人間は悪戯《いたずら》だろうと申しておりましたが、私にはちょっと気になることがありまして、本日は殿下にご同行せず、独自に調査いたしておりました」

騒ぎになってはいけないので、他には漏らさないようホテルの人間には口止めしたとピシットが言う。

「すでに何らかの情報が入っていたのですね」

アスムは居住まいを正《ただ》した。今日ピシットが同行しなかった理由がよく分かった。

「はい。日本とバブラクの友好を快く思わない者、もしくはバブラクの産業の発展を望まない組織、そのどちらか、もしくは両方が動いている可能性がございます」

「分かりました。冴島さんに頼んで、明日から警備を強化してもらいましょう。僕はともかく、何の関係もない日本の方たちを危険に巻き込む訳にはいきません」

今日一日、アスムが自分の気持ちに振り回されている間に、ピシットは自分にできることをしてくれていたのだ。

「それでは、冴島さんには私から連絡を入れて、よろしいでしょうか？」

「お願いします」

今の自分ではまだ冴島の声を聞いて冷静ではいられない。だが、もう自分のことばかりに頭を悩ませている訳にはいかなくなった。アスムには、バブラクを代表して日本にやってきた責任があるのだから。

「冴島さんの携帯でしょうか？　私、アスム殿下付きの侍従ピシットでございます。折り入って、ご相談したいことがございまして…はい…え、すでにご存じだったのでございますか…流石にございます」

電話で冴島と話をしているピシットが驚いている。どうやらホテルに届いた脅迫状のことはすでに冴島の耳に入っていたようだ。

だが、冴島なら、それぐらいは当たり前のような気がする。

「はい、それでは、よろしくお願いいたします」

電話を切ったピシットが言うことには、冴島はすでに明日からの警備の強化を各方面に手配している最中だった。

そんな冴島を、ピシットは感心することしきりだったが、最後に恐いことを言っていた。

「冴島さんには絶対隠し事はできませんよ。きっと冴島さんの奥さんになる人は大変ですね。旦那さんに一切隠し事ができないのですから」

その時、アスムの記憶のどこかが反応した。誰かが冴島の恋人の話をしていたのではなかったか…。

あれは、確か昨夜のパーティーで高埜杏子が言っていたのだ。

『姉さんも可哀そうに。でも、今となってはあなたと結婚する前に死んで幸いだったかもね。

あなたが、こんなに不誠実な男だと知らずに済んだんだから』

一緒にいたピシットには聞こえなかったようだが、アスムにははっきりと聞こえた。

その時アスムは驚いてしまって、うっかり足元に落ちていた枝を踏んで音を立て、冴島と杏子に見つかったのだ。

昨夜から今朝にかけて、アスムにはそれどころではない出来事があって、すっかり忘れていたけれど。

つまり、冴島には結婚しようと思っていた恋人がいて、それは杏子の姉だったということになるのだろうか…。だが、その恋人は結婚する前に亡くなってしまった。

アスムは、不意に自分を見る杏子の目に憎しみさえ込められていたことを思い出す。

今でもまだ杏子がアスムを憎む理由は分からない。でも、一つ分かったことがある。冴島が今も独身なのは、その恋人が忘れられないからかもしれない、ということだ。

それだけ、その亡くなった恋人を愛していたということになるのだろうか…。

最初から、アスムの入り込む余地などなかったのだ。

昨夜のことは、冴島にとって要人に対する義務以外の何物でもなくて、相手がアスムでなくても、仕事熱心な彼は仕事の一環として奉仕するのかもしれない。

「……ッ……」

アスムの目から、ぽろりと涙が零れる。

「で、殿下…」

突然泣き始めたアスムに、ピシットが慌てている。

「す、すみません。今日だけ泣かせて下さい。明日から、もっとしっかりしますから」

自分の感情に振り回されている場合ではないのだ。

だから、今だけ…。明日からは、冴島に対しても信頼のできる案内役としてのみ接するから。

今だけ、今だけは泣かせてほしい…。

6

それからも、冴島の態度は一切変わらなかった。

今まで通りアスムを気遣い、誰よりもアスムのことを考えてくれる。

脅迫状のことがあり、次の日から一段と警備は強化され、冴島はいざという時は自らの身体を張ってアスムを守れるように片時も離れず傍にいてくれた。

そのおかげで、二日程平穏な日が続いた。

冴島は最高の案内役として、これまで以上にアスムに尽くしてくれている。

それだけで充分ではないか…。それ以上を望むのは贅沢なのだ。

アスムは必死に言い聞かせながら、視察を続けるしかなかった。

日本の滞在期間もいよいよ残り二日となって、今日は業務提携を結ぶ企業との契約を詰める為、アスムはその企業の本社に出向いた。

充分な話し合いの結果、無事に契約まで済ませることができた。

「殿下、ようございました。これで、少しは肩の荷が下りますね」

ピシットが労《ねぎら》いの言葉を掛けてくる。今回日本を訪れた公式な目的の一つは、この企業と業務提携の契約を結ぶことだったから、ピシットの言う通り、大きな荷物を一つ下ろせた気分だった。

ほぅ…と肩の力を抜いた時、なぜか冴島と目が合って、アスムは驚いた。

「え…」

しかも、目が合った途端、冴島にしては珍しく不自然な所作で目を逸らしたのだ。

アスムがこっそり冴島を見て、冴島が気付いた途端慌てて逸らすことはままあるが、冴島の方から目を逸らすことは滅多にない。

もしかして、自分に何か至らぬ点があったのだろうか…とアスムが最初に考えたのは、そのことだった。アスムは上手く契約までまとめられたと思っているが、冴島から見ると何か問題があったのかもしれない。

「あ、あの…冴島さん、何か不都合なことでもありましたか?」

アスムは思い切って冴島に問いかけた。まだまだ未熟な自分に気付かないことで改善の余地があるのなら、遠慮なく言ってほしい。

「あ、いえ…そうではございません。一生懸命な殿下がとても愛らしくて、つい見つめてしまいました」

深い意味はなく、冴島は言ったのだろうが、アスムの心臓にはとても悪い台詞だった。

そんな台詞を言われたら、アスムはまた変な期待を抱いてしまう。

「…………」

「ご無礼を」

そう言って、冴島がそそくさと下がる。冴島はアスムから離れることなく傍にいてくれるが、あの夜以来、必ず一定の距離を空けるようになった。時折、身体が触れ合うような近い距離になることもあるが、冴島はさりげなくアスムから距離を取るように心がけている。

アスムを傷つけないように、そしてそれが冴島の答えなのだろうと思う。

ピシットの前で泣いてしまった日以来、アスムとてこれからは何があっても、冴島のことは信頼できる案内役としてのみ接すると決めている。

それなのに、アスムはあの夜のことがどうしても忘れられないでいた。

あの夜、確かに冴島はアスムを愛してくれた。とても情熱的に。その情熱を都合の良いように勘違いしてしまいたくなる自分がいる。

恋をすると、人というのはこんなにも愚かな生き物になってしまうのかと何度も痛感させられた。

応接室を出て、エントランスホールへと向かう。巨大なビルの中はまるで迷路のようで、案内人なしでは出口まで辿り着けない。バブラクの産業が発展したとは言え、まだまだ日本やアメリカには及ばない。今まで以上にバブラクが発展を遂げる為には日本の協力が不可欠だった。

(あれは…?)

その時、アスムは廊下の向こうに見知った人影を見たような気がした。だが、なぜ外務省の役人である高埜杏子が一般企業の中を歩いているのだろう…。

冴島以外にも時々外務省の関係者が顔を出すことはあるが、それはあくまで日本とバブラクとの友好親善の目的で顔を出しているだけだ。

それとも一瞬だったから、見間違えたのだろうか…。

彼女が冴島の亡くなった恋人の妹だから…。

アスムは咄嗟に冴島の方を窺った。冴島は『如何されましたか？』というような顔をした。どうやら冴島は彼女の姿には気付いていないようだ。やはりアスムの見間違いだろうか…。

「……！」

考え事をしながら、長い廊下を案内人に従って曲がろうとした時、廊下の反対側から地響きがして何かが爆発したような物凄い音が聞こえてきた。

「な、何事ですかッ？」

見ると、噴煙《ふんえん》が上がっている。そちらは先程杏子らしき人間が歩いていくのを見かけた方角だ。あちらこちらから、悲鳴が聞こえた。

「殿下、伏せて下さい！」

冴島がアスムの手を引いて、柱の陰へと引き寄せる。

「皆も伏せて」

冴島の声で、同行の者たちがその場にしゃがみ込んだ。

その時、今度はもっと近くで爆発音がした。爆風が飛んでくる。焦げ臭い匂いが充満《じゅうまん》した。

アスムの上から覆い被さるようにして、冴島が身を挺《てい》して庇ってくれる。

「今、動くのは危険です。少しの間、じっとしていて下さい」

「は、はい」

冴島の息遣いが、すぐ近くから聞こえてくる。少し荒くなった息が項に掛かって、こんな時なのに、アスムは速まる鼓動を抑えられなかった。

不思議と恐い気持ちはない。冴島がいれば大丈夫だと、確信を持って思えた。

背中を通して感じられる冴島の体温が、アスムに安心を与えてくれる。

「さぁ、殿下、今の間に避難いたしましょう」

しばらくすると、爆発騒ぎが収まって、あちらこちらから人が駆け出す足音が聞こえてきた。煙が充満して、視界が悪い為、周囲に誰がいるのかはよく分からない。

ただ自分の手を強く握り締める冴島の温もりだけを頼りに、アスムは必死で走った。

前方にエントランスホールが見えた。開け放たれた玄関から外へと飛び出す。

「殿下、ご無事でようございました」

ピシットがアスムを見つけて、駆け寄ってくる。

「ピシットも怪我はないですか？」

ビルの中にいた人たちが外に飛び出してきて、ビルの外は大混雑だった。消防車にパトカーに、救急車が何台か到着している。

「冴島さん、血が…」

ふと気付くと、冴島の頭から血が流れていた。

「ああ、爆風で飛んできた欠片ででも切ったのでしょう。単なるかすり傷です」

冴島が後頭部に手を当てている。おそらくアスムを庇った際に、できたのだろう。

「でも、手当を…」

「お気遣いなく。殿下にお怪我がなくて、よろしゅうございました。それより、殿下を危険な目に遭わせたことをお詫びいたします」

冴島が頭を下げる。

「そんな…冴島さんは身を挺して僕を守って下さいました」

「いいえ、強化した筈の警備の隙を突いての爆発騒ぎです。事故か故意かはまだ分かりませんが、私の不手際に他なりません」

それだけを言うと、冴島はアスムをピシットに任せて、どこかへ行ってしまった。おそらく爆発騒ぎの原因を調べる為だろう。

念の為、アスムは病院へ行くことになったが、検査の結果、どこまでも異常はなかった。冴島が庇ってくれたのだから当然だ。

そして、ビルの前で別れた冴島が再びアスムの前に姿を現わしたのは、本日最後の視察場所となる都庁だった。

昼間の爆発騒ぎは、仕掛けられた爆弾が爆発したことによるものだということが判明した。おそらく直前に仕掛けられたものだろうが、アスム個人を狙ったものかどうかは、今のところ分からないということだ。もしアスムを狙ったものだとすると、アラウグループの日本進出をよく思わない組織が仕掛けたものと推測される。

ただどちらにしても、今回の爆弾は脅しではないかというのが、捜査に当たった警察の見解だった。なぜなら軽傷者は出たが、仕掛けられた爆弾には人の命を奪う程の威力はなかったからだ。

ともあれ重傷者がいないとの報告を受けて、アスムは安堵の息をついた。

しかし、ビル内に爆弾を設置するには企業内部の協力者が必要だと言われて、アスムは大きなショックを受けた。つまり、今日の爆弾がアスムを狙ったものだとしたら、日本の企業内部にバブラク企業との業務提携に反対する者がいるということになるからだ。

「頭の怪我は大丈夫ですか？」

ホテルの部屋まで送ってくれた冴島に、アスムは訊いた。冴島の頭の怪我をずっと気にしていた。病院に行くのなら、アスムより冴島が先だろうに。

「ええ、大丈夫です。元よりかすり傷ですから」

冴島がきっぱりとした口調で頷く。

「本当ですか？」

かすり傷にしてはかなり血が出ていたように思う。どうしても気になって、アスムは懸命に背伸びすると、冴島の後頭部を覗き込むように手を伸ばした。

「で、殿下」

すると、冴島にしては珍しく慌てた声を上げる。

「本当に大丈夫ですから。私如きに、心配は無用です」

冴島が微笑むが、アスムにしてみたら突き放されたような感じがして悲しかった。まるで冴島に何かあろうともアスムには関係ないと言われているみたいで…。

「……ッ」

不意に鼻の奥がつんと痛み、熱いものが込み上げてくる。アスムは咄嗟に俯いた。最近の自分は涙腺が緩いのにも程がある。冴島の前で泣いたりしたら、余計に冴島を困らせるだけと分かっているのに。

「殿下？」

だけど、必死で堪えても涙は流れてきてしまう。自分という人間は、こんなにも身勝手で愚かで、自分の思い通りにならないと泣き出す子供のようだとつくづく思い知らされる。

「今日は大変な一日でございましたから、まだお心が鎮まっておられないのでしょう。今日は早めにお休みになって、明日に備えて下さい」

冴島はアスムの心が不安定なのを爆弾事件のせいにしようとした。だが、そうではない。いつもなら有難いと思う冴島の心遣いが、逆にアスムを苛立たせる。

「違います！　僕、僕は…」

溢れ出す想いを、もう止めることができなかった。応えてもらえなくてもいい。ただこの想いを少しでも彼に伝えたい。

「あなた様は、バブラク王国の第三皇子であり、アラウグループの総帥でもあらせられるのですよ」

冴島の凛《りん》とした声が響き、アスムはハッと我に返った。今、自分は何をしようとしたのだろう…。

この想いを伝えて、自分は満足するかもしれない。だが、それだけだ。自分の短絡《たんらく》な行動が冴島に迷惑を掛けることになるばかりか、下手をすればバブラク王国の信用を失墜《しっつい》させることにもなりかねない。

「…すみません、今の僕は冷静さを欠いていました」

冴島の静かな瞳が、アスムを現実へと引き戻してくれた。

「いいえ。明日は、いよいよ視察の最終日となります。殿下のご滞在期間も残り二日、お心残りのありませんように」

「はい…」

残り二日、その言葉がアスムに重く伸し掛かってくる。今のアスムに心残りはありすぎた。

「それでは、私はこれで失礼いたします」

「あ、あの…良かったら、お茶でも飲んでいきませんか？　もう残り二日ですから」

アスムは冴島を引き留めた。二度と迷惑を掛けるような振る舞いはしないから、せめてお茶の一杯でも一緒に飲んではくれないだろうか…。一緒にいられる時間はほとんど残っていないのだ。

「申し訳ございません。爆弾事件の事後処理がまた終わっておりませんので」

「そうですか…」

がっかりした顔を見せてはいけない。迷惑を掛ける振る舞いは二度としないと今も決心したばかりではないか。

「本日は無理ですが、明日はぜひご馳走になりたいと思っております。では…」

冴島が一礼して部屋を出ていく。アスムは閉じられたドアに向かって、大きく頭を下げた。

「ありがとうございます」

再び涙が込み上げてくる。こんなにも好きな彼と離れて、バブラクに帰ってまた自分は元通りの生活が送れるのだろうか…。自信はなかった。だが、できるできないではなく、そうしなければいけないのだ。

ずっと彼の傍にいたい、というアスムの願いが叶えられることは未来永劫ないのだから。

## 7

ついに、日本での視察の最終日がやってきた。

目覚めて、まず最初に窓から見上げた空はアスムの心のようにどんよりとして曇っていた。

そして、最後の日に、アスムを迎えに来たのは冴島ではなく、高埜杏子だった。

以前にも、冴島の代わりにアスムの案内役を務めたことがある。

だが、幾ら何でも今日冴島に会えないのは我慢できなくて、アスムは杏子に詰め寄った。

「冴島さんを呼んで下さい。冴島さんが一緒でなければ、行きません」

冴島に二度と迷惑は掛けないと誓《ちか》ったのに、これではまるで駄々っ子のようだとアスムは自分でも思った。だが、冴島と一緒にいられるのも今日一日だけなのだ。明日にはバブラクに帰らなければいけない。その最後の一日まで、自分から奪わないでほしい。

「ご安心下さい。冴島も程なく参りましょう。冴島は昨日の爆弾事件の事後処理のことで警察に寄ってから、こちらに参るとのことで、少し遅れるだけでございます」

そう言われては、アスムもこれ以上我儘を言うことはできなかった。昨日、冴島は爆弾事件の事後処理が残っていると言って、早々にホテルを退出した。

「それまでは、私がしっかりと案内役を務めさせていただきます」

杏子は苦手だったが、仕方ない。アスムは杏子と共に迎えの車に乗り込んだ。

「…………」

「…………」

車の中での会話もなく、ただ重苦しい空気だけが募っていく。

アスムは相変わらず曇っている窓の外の景色を見ながら、ふと昨日訪れた企業の本社ビルで杏子に似た人を見かけたことを思い出した。あの後、すぐ爆発騒ぎがあって、そのことを冴島に報告するのを忘れていた。

「あの…昨日、横山《よこやま》工業の本社ビルにいませんでしたか？」

アスムが不意打ちのように訊ねると、一瞬杏子がぎくっとした表情になった。

「いいえ、昨日は外務省の方に出勤しておりましたが…どうしてそのようなことを？」

作り笑いを浮かべ、杏子が言う。しかし、それは嘘だろうとアスムは察した。やはり昨日見た人影は杏子だったのだ。なぜ彼女が爆弾事件のあったビルにいたのか…。アスムの中に一つの疑問が芽生え、それは段々と良くない方向へと考えを巡らせる。

次第に車がスピードを上げ、ピシットたちの乗っている後方の車をぐんぐん引き離していく。

車は郊外に向かっているようだった。段々と背の高いビルが減ってくる。

しかし、今日の視察場所は都内の中心部にあると聞いている。

「…道が違うのではないですか？」

アスムは心配になって、運転手に訊ねた。いつの間にか、後方の車はすっかり見えなくなっていた。

「あの…」

運転手は何も答えなかった。その時、アスムはようやくその運転手が昨日までと違うことに気付いた。

「いいえ、道は間違っていないわ。ただし、向かうべき場所は殿下の目的地ではなく、私の目的地だけど」

運転手に代わって、杏子が答える。丁寧だった言葉遣いががらりと変わった。

「どういうことですか？」

アスムの顔色が変わった。

「人を信じすぎるのもどうかと思うわ。ホテルを連れ出す時に抵抗されたら、使おうと思って、苦労して手に入れたのに」

薄笑いを浮かべた杏子の手にあるのは銀色に光る拳銃だった。

「あの男がすぐに来ると言ったら、あっさり私のことを信じてくれて…人が好いわね」

小馬鹿にするように、杏子が笑った。

「ホテルで冴島と私の会話を聞いていたんでしょう？　それとも、皇子様にとってはもっと他に重要な話があったのかしら？」

確かに、その時の会話で、先日冴島の代わりに杏子がやってきたのは冴島の指示ではなかったことを知った。だが、アスムにとってはその事実よりも、杏子の姉の話の方がショックだった。

「本物、なんですか？」

日本では、拳銃を所持することはそれだけで罪になると聞いている。

「生憎と本物よ、試してみる？」

杏子の構えた拳銃の銃口がまっすぐにアスムに向けられる。アスムは喉を鳴らして唾を飲み込んだが、みっともなく狼狽えたりはしなかった。

「流石、皇子様は胆《きも》が据《す》わってらっしゃるわ。…尤《もっと》も、命の危険に晒されるのはこれが初めてって訳でもないでしょうから」

「どうして、こんなことを…？」

それは、アスムがずっと疑問に思っていたことだった。初めて会った時から、杏子はアスムに対する憎しみを隠そうとはしなかった。その理由が分からない。アスムは日本に来るのは初めてで、杏子に会うのも先日が初めてだった筈だ。

「私の姉が亡くなった話は知ってるわよね」

杏子が銃口を下ろす。

「はい、冴島さんと結婚する予定になっていたとか…」

冴島と杏子がホテルの庭で話しているのを聞いた。冴島には結婚したいと思う程の女性がいたのだと知って、大きなショックを受けた。

「そうよ。尤も、あの男に本当に姉と結婚する気があったかどうかは怪しいものね。どうやら、あの頃の冴島には局長の娘との縁談が持ち上がっていたらしいから。野心のある男なら、何の力もない普通の家の娘より、当然上司の娘との結婚を取るでしょう」

「冴島さんはそんな人じゃありません！」

アスムの知っている冴島は、出世の為に婚約者を捨てて上司の娘と結婚するような男ではない。

「あなたは昔の冴島を知らないから、そんなことが言えるのよ。昔の冴島は、恋人より仕事、愛より出世を取る男だったわ。…まぁ、そこが素敵だったんだけど」

「え…」

最後は杏子が早口で聞き取れなかった。

「六年前、姉がバブラクに赴任している冴島に会いに行ったのは、冴島に自分と結婚する意志があるのかどうかを確かめる為だったのよ」

「あなたのお姉さんも、バブラクに来られていたのですか？」

それは、アスムは知らなかった。つまり六年前のあの時には、杏子の姉もバブラクにいたということになるのだろうか。

「でも、姉は恋人を訪ねていったバブラクで命を落としてしまったわ」

「……！　……」

まさか杏子の姉がバブラクで亡くなっていたとは思いもしなかった。

「どうして、まさか事故にでも遭われたのですか？」

観光地であるバブラクでは、外国人が巻き込まれる事故も少なくない。

「いいえ、あなたの誘拐事件に巻き込まれて死んだのよ」

杏子の目がカッと見開かれた。

「そんな…あの時、亡くなった人はいないと報告を受けています」

六年前、母が亡くなった直後、悲しみに暮れるアスムを心配して、父はアスムを堅苦しい王宮から自由に振る舞える郊外の宮殿にやってくれた。だが、そこで警備の厳重な王宮では起きる筈のない誘拐事件が起きたのだ。迅速な警察の捜査で、アスムは無事に助けられたが、王宮に戻らざるをえなくなり、冴島と出会うまで、孤独な王宮で失意の日々を過ごすことになった。

「そりゃ、誰も報告できないでしょうよ。皇子様を助ける為に、外国人の女が一人犠牲になりました…なんて。あなたを救出した後、警察は逃げた犯人グループの一人を追ったわ。姉は逃げる犯人の車に轢《ひ》き殺されたのよ」

「…………」

アスムは言葉もなかった。

「結局、姉が誘拐事件に巻き込まれて亡くなったことは公にはされなかったわ。バブラクと日本、双方の話し合いで伏せられることになったみたいね」

六年前はアスムはまだ学生で、国政にも事業にも一切関わっていなかった。だが、誘拐された本人として知らなかったでは済まされない。

「そんな酷い事故が起きていたことを知らなくて、申し訳ありませんでした。亡くなった、あなたのお姉さんにも、あなた方ご家族にも、深くお詫びします」

アスムは真摯《しんし》に杏子に謝罪した。今からでも、自分にできることがあれば、何だってしたいと思う。

「今更謝ってもらったところで、姉は戻ってこないわ」

杏子が自分を憎む気持ちはよく分かった。そういう理由があるのなら、憎まれても当然だった。そして、婚約者を亡くした冴島にもアスムは心から詫びなければいけない。

「冴島さんも、もちろん知っているのですよね…？」

一体冴島はどんな気持ちでアスムと接していたのだろう。大切な婚約者を亡くす原因を作った自分なんかの案内役を命じられて。

「当たり前でしょう。でも、あの男は婚約者が亡くなった本当の理由を発表しない政府に黙って従ったわ」

だが、内心はどうだったのだろう…。婚約者を亡くした冴島こそが一番にバブラクとアスムを恨んでいるのではないだろうか…。しかもアスムは何も知らず、ただ冴島に甘えて、迷惑ばかり掛けてきた。

「だったら、私が何とかするしかないでしょう。外務省に入ったのも、ただ復讐《ふくしゅう》するチャンスを狙っていたからよ。あの男の下に配属された時には、運命の皮肉さを呪ったものだけど、今回ようやくそのチャンスがやってきたの。あなたにも、あの男にも復讐するチャンスが、ね」

杏子が憎んでいるのは自分だけの筈だ。冴島に責任はない。

「冴島さんは、あなたのお姉さんを心から愛していたと思います」

その証拠に、未だ冴島は独身だ。冴島が本当に野心家なら、今頃はとうに上司の娘と結婚している筈だ。

杏子が一瞬、驚いたような表情を見せた。

「そんなことは今となってはどうでもいいことよ。…あの男、バブラクから帰ってくると、人が変わったように穏やかになっていたわ。姉さんが亡くなった後のバブラクで何があったのか知らないけど」

六年前、バブラクで冴島と会った時、アスムは母を亡くした悲しみを抱えていたが、あの時、冴島もまた婚約者を亡くした悲しみに暮れていたのだ。

「何も知らないで、あの男の隣で無邪気に笑っているあなたを見る度、私の中で憎しみが増していったわ」

その時、アスムは杏子に対して違和感を覚えた。杏子に憎まれる理由は嫌という程に分かった。憎まれても仕方ないと思えた。だが、杏子の憎しみの中には別の感情が含まれているような気がしてならない。

アスムが連れていかれたのは、郊外の森の中にある倉庫のような建物だった。今は誰も使っていないようだ。木立に囲まれ、周囲には人影は見当たらない。木々の間から、木漏れ日が漏れている。少し雲が晴れたようだ。

アスムはその中で監禁された。どうやら運転手の男は杏子の知り合いらしく、今回の一件に協力しているようだ。

高いところに取りつけられた明かり取りの窓から日差しが差し込んできた。

杏子はこれからどうしようというのだろう…。アスムを殺すだけなら、すぐに殺せた筈だ。アスムを人質にして、身代金でも要求しようというのだろうか…。だが、そんなことが上手く行く筈もない。今のアスムは良くも悪くも日本にとっては要人だ。政府が黙ってはいない。そうなれば、杏子の身の方が危うい。

アスムは日本政府が本格的に動き出す前に、冴島が手を打ってくれることを祈った。

彼が今もバブラクとアスムを恨んでいるかどうかは分からない。だが、彼は六年前恨むべき相手である筈のアスムを救ってくれた。そして、今回もずっとアスムの力になってくれた。

きっと冴島なら、何とかしてくれる。アスムは冴島を信じることにした。

それに、何となくだが、杏子も冴島が来るのを待っている気がした。

彼女から深い憎しみは感じられるが、不思議と殺意は感じられない。だから、彼女から悲しみを感じても、恐怖は感じない。殺したい程憎む気持ちと、実際に手を下すことの間には天と地程の差があった。

明かり取り用の窓から差し込む日差しが陰って、太陽が西に傾き始めた頃、一台の車が倉庫の前に到着した。

「どうやら来たようね」

車の音を耳に留め、杏子の表情が引き締められる。

やはり杏子は彼が来るのを待っていたようだ。

倉庫の扉を乱暴に開け、中に飛び込んできたのはアスムと杏子の両方が待ちかねていた男だった。

「今すぐ殿下の身を解放して、出頭しろ。今ならば、大事にならずに収めることができる」

冴島は一人だった。冴島の何か言いたげな瞳が、ちらりとアスムを窺った。

「それが、上の判断かしら。外務省の役人が訪日中の要人を誘拐したなんてバレたら、国の面子は丸つぶれだものね」

「私の判断だ。警察には待機してもらっている。ただし、日暮れまでに殿下が無事にホテルに戻らなければ、本格的に警察が動く」

「別に構わないわ。捕まるのも平気、刑務所に行くのなんか恐くない」

杏子が持っていた拳銃の銃口をアスムのこめかみに当てる。

「止めろ！」

冴島が必死の形相《ぎょうそう》で叫んだ。

「やっぱり…あなたが変わったのは、この皇子のせいなのね」

杏子が口の端を僅かに歪《ゆが》めて笑った。

「恨むなら、私を恨んでくれ。六年前、綾子《あやこ》が不幸な事件に巻き込まれたのは、私のせいだ。私がはっきりと彼女に自分の気持ちを伝えなかったから」

「そうよ！　姉は不実な婚約者の気持ちを確かめる為、バブラクに向かった。そして、そこでこの皇子の誘拐事件に巻き込まれて死んだのよッ」

杏子が感情をぶつけるようにして叫んだ。

「殿下に罪はないんだ。六年前も、今も…」

冴島が必死に訴える。

「そんなにこの皇子が大事？　この皇子が死んだら、あなたは泣くのかしら？　六年前、姉が死んだ時には一粒の涙も流さなかったあなたが泣くところなんて、ちょっと見物《みもの》かもしれないわね」

杏子が声を立てて笑った。とても悲しい笑い声だった。

「全ての原因は、私にある。だから、頼む…殿下を離してくれ」

「もちろんあなたにも罪は償《つぐな》ってもらうわ。でもね、ちょっと気が変わったの。あなたを直接傷つけるより、あなたの大切な人間を傷つけた方が、あなたはより苦しむでしょう…」

かちっ、と杏子がトリガーを引く音がした。

「待て！」

冴島が駆け出そうとした。

「来ないで…全てはあなたが悪いのよ。六年前、出世に目が眩《くら》んで姉を捨てようとしておきながら、今更そんな何の苦労も知らない、ただ笑っていれば許されるような皇子に心を移すから…」

「……！」

この時、アスムは杏子の本音を聞くと同時に、冴島への想いを知った。彼女は姉の婚約者であった冴島をずっと想っていたのだ。杏子の復讐心に火を点けたのは、冴島への恋心ゆえだったのかもしれない。

「もう終わりにしましょう。皇子を殺して、私も死ぬ」

だったら、尚更これ以上彼女を傷つけたくはないとアスムは思った。たとえアスムが死んでも、彼女の心は救われない。

今ならば大事にならずに収めることができると冴島は言った。冴島なら、必ずそうしてくれるだろう。大切な婚約者だった人の妹を警察に突き出したりはしない。冴島だけが、杏子を助けてくれる。

「冴島さん！」

アスムは咄嗟にしゃがみ込み、杏子の足を払った。杏子が体勢を崩した隙を突いて逃げ出す。冴島もまたアスムに向かって駆け出した。だが、必死に伸ばした手がもう少しで冴島に届こうかというところで、体勢を立て直した杏子が拳銃を撃つ。

弾丸はアスムの背中めがけて発射された。

「……っ……う……」

冴島が呻く。

「冴島さん！」

間一髪のところで冴島が回り込み、アスムを庇って撃たれた。

アスムと杏子の悲鳴が倉庫の中に響き渡り、冴島の身体が地面に倒れ込む。

冴島から流れ出す血が床の上に血だまりを作るのを、杏子はただ立ち尽くして、ぼんやりと見ていた。

アスムは冴島の身体を必死で抱き起こすが、その身体は段々と重く冷たくなっていった。

「冴島さんッ」

明かり取りの窓から、強い西日が差し込んでいた。

# 8

病院に運ばれた冴島は胸に受けた弾丸の摘出手術を受けた。

急所は外れていたが、出血量が多かった為、危険な状態が続いた。

アスムは病院で冴島に付き添うと同時に、一連の出来事が公にならないよう手配した。冴島も、杏子が罰せられることは望んでいない。

冴島の容態がようやく安定したのは、事件から一週間が過ぎた頃だった。

冴島の容態が落ち着くまで、アスムは帰国を延ばした。これだけは誰が何と言っても譲《ゆず》らなかった。

病室で、冴島が目を覚ました瞬間、アスムは人目も憚らず泣き出してしまい、後でピシットから叱られてしまった。

この頃には、警察での杏子の取り調べも済んで、おそらく杏子は依願《いがん》退職の形で外務省を辞めた後は郷里に帰ることになるだろうということだ。

それというのも、杏子は企業の爆弾事件とは一切関係ないことが分かったからだ。

アスムも一時は爆弾事件のあったビルで杏子を見かけたこともあり、爆弾事件との繋がりを疑ったが、結局爆弾事件は、バブラク企業の日本進出をよく思わない、アジア系の企業グループの仕業と判明した。杏子はアスムの動向を探る為、ビルで働いている知り合いを訪ねたフリをしただけだった。

最終日、冴島が爆弾事件の事後処理で遅れることになったのは事実だが、あの時も冴島は自分の代わりに成田という部下をアスムの元へ向かわせるよう手配していたのだ。今度は成田が断固として杏子と代わることを拒否した為、杏子は拳銃を手に入れる為に知り合った男を使って成田を拉致《らち》し、成田の代わりにホテルへとやってきた。あの時、アスムが乗った車の運転手を務めていたのも、その男だった。

「殿下、申し訳ありませんが、水差しを取っていただけますでしょうか？」

病室のベッドに横になる冴島が言った。水色の病院着の下に見え隠れしている白の包帯が痛々しい。

「は、はい、どうぞ」

アスムは冴島の看病をするべく病室に控えているのだが、冴島は遠慮してしまって、なかなか用事を言いつけてくれない。まだ自由には動けない冴島の代わりに、せいぜい水差しを取るぐらいだ。

「あの…遠慮なく何でも言って下さいね。僕は、その為にここにいるのですから」

水差しを渡しながら、アスムが言う。自分としては、冴島の世話をするチャンスだとばかりに張り切っているのに。

「いえ…そういう訳にも参りませんでしょう」

冴島が苦笑いする。

「僕は少しでも冴島さんにお詫びがしたいのです」

今回、アスムを庇って撃たれたことも含めて。

「殿下が私に対して責任を感じられる必要はありません。高埜の一件は明らかな私の監督不行き届きなのです。彼女の後始末を上司である私が付けるのは当然のことです」

「でも、高埜さんがあのような真似をしたのは僕の責任で…」

六年前、彼女の姉が亡くなったのは、アスムの誘拐事件に巻き込まれてのことだった。その当事者であるアスムに責任がない筈はない。

「違います。六年前の事件で、殿下に責任は一切ございません。ですから、殿下が今回の私の怪我に責任を感じる必要もないのです。私なんかの為に、一週間も帰国を延ばしていただいて、そちらの方が申し訳なく…」

「…………」

アスムは黙り込んだ。冴島の気遣いは嬉しい。アスムができるだけ責任を感じなくて済むよう、わざとそういう言い方をしているのも分かる。でも、アスムが聞きたいのはそういう言葉ではなかった。

「殿下？」

「冴島さんは、僕がバブラクに帰っても寂しくないのですか？」

アスムは俯いたまま、言葉を続けた。

「…………」

「僕はこのままバブラクに帰ってしまって、二度と冴島さんに会えなくなったら、寂しくて、死んでしまうかもしれません」

自分でも無茶なことを言っているのは分かっている。だが、アスムが知りたいのは冴島の本当の気持ちだ。

冴島がアスムに優しくしてくれるのは、ただ要人に対する義務感からだけなのか、それとも…。

「少し私の話を聞いていただけますか？」

冴島が何かを決意したかのような目でアスムを見て、それからゆっくりと話を始めた。

「はい…」

アスムは傍らの椅子に腰掛け、居住まいを正した。

「六年前、バブラクに赴任中だった私の元へ、突然綾子がやってきました。綾子というのは高埜杏子の姉です。私の婚約者でもありましたが。綾子は休暇を利用して遊びに来ただけだと言いましたが、何か私に話があってやってきたのだろうことは、彼女の様子から何となく分かりました。でも、その頃の私は仕事に夢中で、わざわざやってきた彼女の話を聞いてやる時間もろくに取ってやらなかったのです。日本に帰ったら、彼女と結婚するつもりでいましたから、結婚してからでも幾らだって話はできる。そう思っていました。でも、彼女は一人で観光に出掛けたサムイの街で不運な事件に巻き込まれて亡くなりました」

サムイは海に面した小さな町だが、王家の宮殿があって、外国人の別荘も多く建っている。

「綾子が、わざわざバブラクへやってきた理由を私が知ったのは、彼女の葬儀の時でした。杏子から聞かされました。私に上司の娘との縁談が持ち上がっているのを知って、それを問いただす為にやってきたのだと」

「冴島さんに、上司の娘さんと結婚される意志はなかったのですよね」

アスムは確かめずにはいられなかった。自分の信じている冴島は決してそんな男ではない。

「はい。上司の娘との縁談の話があったことは事実ですが、私は断ったつもりでいましたから。まさか綾子の耳に入るとは思ってもみなくて…いや、これは言い訳ですね。私が、きちんとその話を綾子にしていれば良かったのです」

やはり冴島は誠実な男であった。アスムは冴島が自分の信じた通りの男であったことを喜ぶと同時に、悲しくもなった。やはり冴島が未だ独身なのは亡くなった婚約者が忘れられないからではないかと。

「冴島さんは六年前の事件で僕に責任はないとおっしゃってくれましたが、僕が大人しく王宮に籠もってさえいれば、誘拐事件が起こることもなく、冴島さんの婚約者の方が巻き込まれることもなかった…それは紛れもない事実です。あなたに恨まれても仕方ないと、僕は思っています」

六年前の事件さえなければ、今頃は冴島は婚約者と結婚して幸せな家庭を築いていただろう。アスムと出会うこともなかったかもしれない。冴島と出会っていない自分など、今のアスムには想像もできないが、冴島の幸せを思えば、冴島はアスムと出会わず日本に帰って婚約者と結婚していた方が幸せだったに決まっている。

「杏子にも言いましたが、あれは不幸な事故でした。誰のせいでもありません…いや、責任があるとしたら、それは全て私にあるのです」

「でも、僕が…僕さえいなければ…」

自分のせいで、冴島を不幸にしてしまっている。アスムにはその負い目が消えなかった。誰よりも大切な人が、自分のせいで不幸になっているなんて耐えられない。

「そんな悲しいことをおっしゃらないで下さい。殿下がいらっしゃらなかったら、今の私はございません」

ふっ…と冴島が眉尻を下げて笑った。胸が締めつけられる程に優しい微笑みだった。

冴島の話は続く。

「日本での綾子の葬儀が終わった後で、私は再びバブラクに戻りました。その後も、バブラクでの在任が一年程続きましたから。ですが、バブラクに戻った私の中に、自分の生き方に対する疑問のようなものが芽生えたのです。ただ出世することを考えて、仕事に夢中になった結果、大切な人を失った、そんな自分の生き方に。一時は外務省を辞めることも考えましたが、決断を下せないまま時間だけが過ぎていき…そんな時です。王宮の庭で殿下にお会いしたのは…」

冴島が目を細めるようにしてアスムを見た。

「覚えていて下さったのですか…」

てっきり冴島は忘れているとばかり思っていたのに。

「忘れられる訳がございません。あれ程までに印象的で可愛らしい殿下のことを」

冴島に見つめられて、アスムは顔を赤くした。三週間前、空港で再会した時は、役人という立場上、覚えていないフリをしたのだと言う。

「誘拐事件の後、王宮に戻られたとは聞いておりましたが、その時お見かけした殿下はとてもお寂しそうで、私でなくとも慰めて差し上げたくなる程でした。私の何気ない言葉に、目を輝かされるお姿がとても愛らしくて、気付いたら私の冷え切った心が温かなものでいっぱいに満たされておりました」

冴島が自分の胸に手を当て、その時のことを思い出しているのか遠くを見つめるような目になった。

その後、アスムと会ったことがきっかけとなって、婚約者を亡くした地で任務を続ける辛さより、この地で暮らす素朴な人々が与えてくれる安らかな心が勝ったのだと冴島は言った。

「日本に帰ってからも、今までのように出世だけを目指す生き方は止めました。バブラクの人々のように安らかに、もっとのんびり行こうと…」

だが、二年前、高梵杏子が外務省に入庁してきたことで、少し事情が変わったようだ。

杏子がアスムとバブラクを恨んでいることは誰よりも分かっていたから、自分の下に配属されてからずっと心配していたらしい。アスムの来日が決まってからは、彼女の監視を続けたが、まさかここまで思い切った手に出るとは予想の範囲を超えていたと言う。まして、彼女が自分のことを想ってくれていたなど、夢にも思わなかったと。

「彼女は上司となった私に対しても辛辣《しんらつ》でしたからね」

「多分、彼女は好きな人は苛めたくなるタイプではないかと」

彼女の性格なら多分そうだとアスムは思う。

「ならば、私と一緒ですね。もしかしたら、私と彼女は似た者同士なのかもしれませんね」

その時、冴島が意味深な笑みを浮かべたことにアスムは気付かなかった。ただ冴島の言葉の意味を懸命に考えていたのだ。

「そういえば、殿下のお身体に変調を来《きた》した夜のことですが」

ふと冴島が言った。その夜とはあの夜のことしかないので、アスムの顔がますます赤く染まる。

「あれも杏子が仕組んだことのようです。あの日、杏子から何か渡されて召し上がりませんでしたか？」

その時のことを思い出し、アスムはそういえば…という顔をした。あの時、確かに冴島からだと言われて菓子を受け取って食べた。余り美味しくなかったけれど。

「で、でも…どうして…」

アスムの声が裏返る。杏子は冴島を憎からず思っていた訳で、その杏子が冴島とアスムがあのような行為をすることになるきっかけを作るとは思えない。

「申し訳ございません。杏子は本当に身体の調子が悪くなる薬だと信じて、殿下がお召し上がりになったものに仕込んだようです」

「…………」

「実際は催淫剤だった訳ですが」

アスムはもう真っ赤だった。人というのはこれ程までに赤くなれるものだということを自らの身をもって思い知らされた。

「ところで、ここまでお話ししたからには、私はもう自分の気持ちを隠しておかなくてもよろしいのでしょうか…」

「え…」

突然、冴島がそんなことを言い出して、アスムは泡を食う。

「実はずっと我慢していました…」

冴島の手が伸びてきて、アスムの腕を摑む。引き寄せられ、そのままベッドの中へと引きずり込まれた。

「あ、あの…こ、これは一体…」

「私はあくまで怪我人ですので、殿下の協力が不可欠です」

すかさず上から覆い被さるように口付けてきた冴島の身体は熱かった。

かぶりを振り、何とか逃れようとしてアスムが冴島の下でもがくが、病院着の下に巻かれた包帯の存在を思い出し、動きを止める。

「六年前、私のささくれだった心を、殿下が溶かして下さったあの日から、殿下の面影《おもかげ》は私の心に深く焼きつきました。しかし、外交官としてバブラクに滞在していた私はいずれ日本に帰らなければなりません。実際、一年程して日本に帰らなくてはいけなくなり、もう二度とお会いできることはないだろうと諦めておりました。それが、この度、殿下が日本にいらっしゃることになり、その案内役を任されることが決まった時、どんなに私の心が高揚したか、お分かりになるでしょうか…」

アスムは瞬《まばた》きをするのも忘れて、冴島の話に聞き入った。アスムだって、日本を訪問することが決まって一番に思ったのは冴島のことだった。親不孝と言われても、母が生まれ育った国というよりも、冴島がいる国、アスムにとってはその意味が強かった。

「ですが、あなたはバブラク王国の皇子ですから、私にとっては雲の上の存在、ただお傍にいられるだけでいいと思っていましたのに。そんな私を哀れと思ったのか、天はチャンスを与えて下さいました。あの夜のことです。あなたに触れることなど到底叶わないと思っていたのに、あなたは薬を盛られて、私に助けを求めてこられた。そう、あの夜のことは私にとっては千載《せんざい》一遇《いちぐう》のチャンスだったのです」

あの夜のことを思い出すと、今でもアスムは恥ずかしさで身が縮みそうになるが、あの夜のことはアスムにとってもチャンスだった。受け入れてはもらえない筈の想いを、一夜限りでも受け入れてもらえるチャンスが来たのだから。

「あなたは可憐で可愛くて、私は何度我を忘れそうになったかしれません。あの時の私は完全に自分の役目を忘れておりました…」

冴島の指先が動いて、アスムの顔の輪郭《りんかく》をなぞる。それは、とても愛おしそうに。

「さ、冴島さんは…と、とっても…意地悪でした」

アスムは恥ずかしそうに俯いて言った。

「殿下が可愛いからだと、あの時も私はお伝えしましたよ。殿下もおっしゃって下さいましたね。私に触れられると、気持ち良すぎるから困るのだと」

どこまで行っても、冴島の意地悪な本質は変わらないようだ。

「ねぇ、殿下…私はもうずっと我慢していたのですよ…」

冴島の口付けは、アスムに息を継ぐ暇を与えない。上唇と下唇の間をなぞり、その間をこじ開けるように侵入してきた冴島の舌は火傷《やけど》しそうに熱かった。熱さに目が眩み、鼻に掛かったように漏れる吐息が甘さに震え出す。

「…ん…ぅ…」

つと湿ったような掠れた音と共に唇が離れていく。粘り気のある蜜が糸を引いた。

「だ、駄目です…ッ…こんなところで…冴島さんの身体が……」

弾力のある冴島の唇の感触を喉元に感じ、アスムはハッとした。容体が安定したとは言え、冴島が重傷の怪我人であることに違いはない。数日前は死の淵を彷徨っていた。自分はその看病の為に病院に泊まり込んでいるのだ。

「殿下が協力して下されば大丈夫です。運よく面会時間は過ぎておりますし」

冴島がぬけぬけと言った。

「私はもう我慢するのは止めました…」

冴島の熱っぽい視線に捕われる。その囁きはまるで何かの呪文のように、アスムから抵抗の意思を奪っていく。

それでも、迫ってくる冴島の身体を何とか押し返そうとしたアスムに、冴島がとどめの一言を浴びせてくる。

「ああ、私は一応怪我人ですからね。お手柔らかにお願いいたします…」

腰を抱いて、下半身を密着させながら、冴島がアスムの耳元で熱く囁く。

「そんな…」

こんな時だけ重傷の怪我人であることを主張するなんて、冴島はとても狡い男だ。

しかし、この時アスムは昂ぶりつつある自分たちのものを嫌でも自覚せずにはいられなくなった。

「…本当に…僕を…」

冴島の視線から微妙に目を逸らせて、アスムがか細い声で問う。まさか冴島が、こんな自分を想っていてくれたなんて、それこそアスムは夢を見ているようで、まだ信じられない。

「私の言葉が信じられませんか？　だったら、余計に身体で証明してみせないといけませんね…」

頬骨のラインから辿ってきて、冴島の唇がアスムの耳朶を甘噛みする。アスムの息はかなり上がってきていた。

「あなたを一度抱いてしまったら、もう駄目でした。あなたを見る度、全てを自分のものにしてしまいたくなる私がいて、そんな自分を抑えるのに、どれだけ苦労したか…」

冴島はシャツの上から忙しない愛撫を繰り返し、アスムの中に潜む淫らな欲望に徐々に火を点けていく。白い項にうっすらと朱が混じった。

「で、でも…傷口が開いたら…っ…あ…」

耳腔に熱い息を吹きかけられると、アスムの肩が大きく震えた。

「大丈夫です…私の怪我への特効薬は何よりあなたですから…」

冴島の手が動いて、胸元をまさぐってくる。

「冴島さんは…お口が上手すぎ……ま……あ…やめ…て…っ…」

ぷくんと勃ち上がって、シャツの真ん中に二つ点が付いたようになっているそこを何度も爪先で引っ掻くように擦られると、アスムの喉の奥から小さな悲鳴が上がった。シャツの上からでも、突起が硬く勃ち上がっていくのが指先に伝わったのか、冴島が含み笑いを漏らす。

「あ…んんっ」

長い指がシャツごと摘み上げた胸の突起を軽やかに揉みしだく。アスムはもう漏れる喘ぎを抑えられなかった。

「殿下のお声は、よく響きますので…ほんの少し抑えていただけますと幸いです…」

「そ、そんなこと…言われても…」

声を抑えろと言いながらも、冴島は愛撫の手を緩めるどころか、ますます容赦なく責め立ててくる。

「あぁ……」

もどかしげにアスムは身を捩った。アスムの胸に顔を押しつけ、冴島が首を左右に振りながら、頬や鼻や額までも一緒に深く埋めてくる。

「殿下からは、バブラクの太陽の匂いと、それからとても甘い香りがします…このまま酔ってしまいそうです…」

冴島の唇がシャツの上を滑り落ち、尖った突起の先に辿り着く。シャツの上からでも、くっきりと跡が付く程に勃ち上がったそれを舌先で何度もくすぐられた。

「…うぅ…んっ」

ますます大きく張り出してくるそれには何か悪いものでも溜まっているようだった。妙にむずむずして、じっとしていられない。今日は薬の影響はない筈なのに。

「吸ってほしいのですか？」

「ど、どうして……それ、を…？」

アスムはハッとする。本当に、冴島にはアスムの心が見えるようだった。

「殿下のなさることは私にはとても分かりやすいと以前に言ったことをお忘れですか？　私には何でもお見通しなのですから、恥ずかしがらないで…きちんとおっしゃって下さい…」

「で、でも…」

お見通しなら、アスムが言う前に何でもしてくれればいいのに…と思うのは、アスムの勝手な言い分だろうか…。

「殿下のなさることは私には何でもお見通しですが、ご承知の通り、私は意地悪な男ですので、殿下がおっしゃって下さるまでは何もいたしません…」

「そんな…」

アスムは悲しくなって、目の端に涙を浮かべた。

「さぁ、殿下…」

だが、冴島は許してくれない。冴島が突起を摘んだまま、指先に力を入れて捻った。

「あぅ…」

痛みが走って、アスムの目から大粒の涙が零れる。悲しいやら嬉しいやら、痛いやら気持ちいいやら、アスムの中では様々な感情が絡み合っていた。

「…吸って…下さい…」

きゅっと唇を噛み締め、アスムはそっぽを向いたまま訴えた。

「殿下のお望みのままに」

ぬけぬけ言う冴島を、初めて憎たらしく思った。だが、次の瞬間、冴島がシャツの上から突起に口付けたことにより、マイナスの感情は振り払われた。

そこを吸われると、鬱積《うっせき》したものが全て抜けていくような、気持ちの良い波が四肢の隅々まで広がっていく。もうこのまま、冴島が与えてくれる愛撫にただ身を任せたくなった。

「そろそろ苛めるのは止めておきましょうか？　これ以上、殿下を泣かせると、本当に私が苛めっ子みたいに見えてしまいますから」

実際苛めっ子だとアスムは言ってやりたかったが、口の中に唾液が溢れて上手く喋れない。

「思った通りですね…薬なんか使わなくとも、殿下は可愛らしい見た目とは裏腹に、とてもいやらしい身体をしておられます…」

「ちが…うぅ…ん…っ」

シャツの裾を引き出して、冴島の指が直接アスムの肌に触れてくる。肌がたちまち火を帯びたように熱くなり、そして冴島が触れた部分から信じられない程の甘い痺れが湧いてきた。

冴島の指は、アスムの肌に繊細な動きでありながら執拗に絡みついてくる。巧みな愛撫に、アスムは身も心も溺れてしまいそうだった。

「…ぅ…っ…あ、あっ……」

アスムの身体は覚えている。あの夜、冴島がどんな風に自分を愛してくれたか…。

冴島の手がアスムのシャツのボタンを外す。忙しなくベルトを解いた。冴島の情熱に取り込まれるかのように、アスムの手が冴島の背に回り、その身体をかき抱く。

「あっ…あぁ……」

冴島の唇が舌が指が、アスムの肌に纏わり付いて離れなくなった。その巧みな指遣いが、熱い唇とぬめった舌の動きが、アスムの理性を食い破り、全身に泣きたいような疼《うず》きをもたらす。

「…あ、ん…っ」

冴島の指が張り詰めた突起の先を掠め取った。両方の突起を摘み上げ、じわじわと揉みしだかれると、胸が大きく弾む。その上をわざとぴちゃぴちゃといやらしい音を立て、舌が這い回った。

「なぜ…そこばかり…？」

あの夜もそうだったが、胸ばかり弄られるのは、かなり苦しい。このままだと、自分はおかしくなって、変なことを口走ってしまいそうだ。

「殿下がお悦びになるからだと答えれば、どうなさいますか…」

ふっ…と笑う冴島の柔らかな息が突起の先を掠めていく。

「……んで…ません……あ……やだ…っ…んん…」

尖っている突起の先をぺろりと舐め上げられる。軽く歯を立てられると、アスムはあられもない声を上げて、強く冴島の頭を抱え込んだ。再び目尻に涙が溜まる。

「…やめ…て…下さ…い…お願い…だから…もう……」

アスムの息遣いが荒い。胸が大きく上下する。熱い舌に更に突起を舐め回されて、アスムの喉が綺麗に反り返った。少し触れられただけでも過敏な反応をしてしまう胸を集中的に弄られてはアスムに為す術はない。

「殿下が日本語が堪能だという情報は間違っているようですから、マスコミに言って訂正させましょう…」

涼しい顔で言って、冴島が両方の突起を交互に口に含み、片方ずつ丹念に可愛がり始める。

「あ…だって…んっ…それ、は…あぁ…」

目尻に溜まった涙が、ぶわっと零れてきた。せめて覚束《おぼつか》ない指先を冴島の髪に伸ばし、その髪を掴んで緩く引っ張ってみるが、冴島には全く堪えない。

「…も…う……だめ…です…っ…」

息も絶え絶えに、アスムは懇願した。

「とても良い、の間違いでしょう？　それとも、もっと…ですか？」

冴島の口元から、くすっという笑みが零れる。

「最初は可愛いピンク色をしていたのが信じられませんね…まだ二度目なのに、すっかり熟《う》れてしまって…とても甘い…」

蜜に塗《まみ》れて、とろとろに溶け出した突起を口から離して、冴島がまじまじと見つめている。

そして、今度はそれを口に含んで強く吸い上げた。胸の奥に走った吊《つ》るような痛みが、アスムの身体の芯をたまらなく切なくする。

「あ…はぁ…んんっ」

冴島の施《ほどこ》す熱の込もった愛撫に狂わされる。次第に渦巻く熱さに巻き込まれ、この男のこと以外何も考えられなくなっていく。

嗚咽にはっきりとした涙声が混じるようになった頃、ようやく冴島は過敏すぎる突起を解放してくれた。

「私のような凡人が、あなたみたいな高貴なお方を独り占めする為には、一体どうすればいいのでしょうか…」

吐息に赤く色づいたアスムの唇に、冴島が繰り返し口付けてくる。水分を含んだ唇は、その独り言と同様にやるせない甘さに満ちていた。

「まずは身体からいきましょうか。私から離れられなくなるように、殿下の身体に私の全てを刻み込みます…」

冴島が少しずつ移動しながら、アスムの肌のそこかしこに口付けてくる。いつの間にか、アスムの身に着けている衣服は上も下も申し訳程度にしか肌を隠していない。冴島の巧みな指先はアスムの全てを探り尽くし、熱い舌はその何もかもをしゃぶった。

肌いきれに、しっとりとした光沢を持ったアスムの肌が輝き、右に左によがる。アスムのものがすでに硬く勃ち上がって、冴島の腹に当たっていた。

「殿下…」

アスムの顔を覗き込むようにした冴島が乱れた前髪を片手で掻き上げてくれる。再び目尻に溜まった涙を唇で拭《ぬぐ》い取られると、微かにアスムの睫《まつげ》が震えた。

「アスム、と呼んで下さい…」

ずっと冴島に名前で呼んでほしいと思っていた。今ここにいるのは、バブラク王国の皇子ではなく、冴島を愛する一人の人間だから。

アスムの瞼《まぶた》にキスして、額にキスして、頰にキスして、それから唇にも繰り返しキスして、尖った顎にもキスしてくる。

「アスム…」

少し上ずった甘い声が、アスムの名を呼んだ。母亡き今、アスムを名前で呼ぶ人はそう多くはない。だが、他の誰に呼ばれるのとも違う特別な響きがあった。

「…あ……んんっ……」

冴島の唇を再び柔らかな喉元に感じたと思いきや、冴島の大きな掌に自身を握り込まれ、アスムの身体は初めての時のように大きく震えた。

自身を煽る冴島の手は炎の中にあるように熱くて、アスムはもがき、そして感動した。

しかし、この時冴島の身体が徐々に下がっていっていることに気付かず、いきなり冴島の息遣いを股間に感じた時はぎょっと狼狽えてしまった。

次の瞬間、今までよりももっと強烈な快感が電撃のようにアスムの背を貫《つらぬ》いて走る。

「あ…っ…あ、あ…いや…ああっ…！」

温かな口腔内に自身を含まれ、アスムの腰が弱々しくもがいた。今夜は薬の影響はないにも拘《かかわ》らず、冴島の施す愛撫が痛烈で、いきなり興奮が高まった。すでにはち切れそうになっていたアスムのものは呆気なく達し、熱いほとばしりを散らせた。

「………あ…」

アスムはホッと息をつくが、これで終わりではないことは分かっている。情欲に煙《けぶ》った男らしい冴島の顔が、じっとアスムを見下ろしている。

「殿下はお達きになるのが少し…かなり早いようなので、もっと鍛えて差し上げないといけませんね」

冴島が赤く染まったアスムの頰に口付けてきた。その熱い身体を全身で受け止めて、アスムは幾度となく溜め息を漏らした。冴島の熱さを、もっと感じたい衝動に駆られる。

鎖骨のラインを舌でくすぐられ、大きく尖った突起の先を掬い取られると、アスムの身体は戦慄き、冴島にしがみつく手に力が込められた。

まろやかな腹部をゆるゆると刺激され、腋の下から腰骨に掛けても、丹念に舌でなぞられる。アスムはこそばゆさに、身を縮ませ、きゅっと背中を丸めた。

やがて、アスムの下肢が抗《あらが》いきれない強い力により押し開かれる。流石に羞恥が大きくて、アスムは震える自分の腕を交叉《こうさ》させると、顔を覆い隠した。

「……そんな…とこ…ろ……だめ……です…っ…はな…し…」

冴島の舌が別の生き物のように蠢き、それは、ついにアスムの秘められた場所さえも剝き出しにした。

「きちんと濡らしておかないと、きついのは殿下ですから…」

「だって……そんなとこ…ろ……あ!　ああぁっ……」

薬を盛られて常軌を逸していたこの前とは訳が違う。しかし見る見る高まっていく性感に、アスムの思考はどんどん外に追いやられてしまう。淫蕩な舌に掻き乱され、アスムは仰け反ったままの姿態で、激しくのたうった。

「嫌がっておられる割には…こちらは随分と敏感なようですよ…」

アスムのそこが、ひくひくと蠢き始めるのを見て、冴島がからかう。肉襞が、冴島の舌を更に奥へ取り込む動きを見せたからだ。

「意地悪な冴島さんは嫌いです…」

どんな冴島でも、もう嫌いになれないことは分かっていたが、それはせめてものアスムの意趣返しだった。

すると、思いがけず冴島の動きが止まって、アスムがきつく閉じていた目をおずおずと開け、冴島を探す。

「そんな悲しいことをおっしゃらないで下さい…殿下に嫌われたら、私はもう生きてはいけません…」

どこまで狡い男だろうか…。そんな風に言われて、これ以上アスムに意地を張れる訳がなかった。

「もう…嫌いな筈ありません…」

「実は知っておりました…」

アスムが怒り出す前に、冴島が動きを再開してきて、アスムのそこに指を一本突き立て、そっと掻き回してくる。

「…っ…う…」

快楽が、僅かな苦痛を伴って、アスムに襲い掛かってきた。

唾液で濡らした指が一本から二本、二本から三本へと増やされる。アスムの太股の筋肉が細かい痙攣を繰り返した。

指を差し込んだままで顔を上げた冴島と目が合う。熱い靄《もや》で霞《かす》んだ視界では、その表情ははっきりとは見えなかったが、この時冴島が微かに笑った気がした。

たまらなくなって、アスムは思わず冴島に向かって手を伸ばした。冴島に触れる寸前のそれを、冴島が口に含み、舌を絡めて、何度も舐め上げてくる。彼への想いは留まるところを知らないかのようにどんどん溢れてくる。

「もっとあなたを感じさせて下さい…」

冴島が自らベッドの上に仰向けに寝転がるような体勢を取った。

「あ…な、に…を…」

「私もまだ百パーセントの力を出す訳には参りませんので、殿下の協力が必要なのです」

冴島が戸惑うアスムの身体を自分の腹の上に導いたことにより、アスムは何も言えなくなった。縋るもののない体勢は、言いようのない不安をもたらす。

冴島が前をはだけ、アスムのそこに照準を合わせてきた。

「少しずつ腰を落としていって下さい…」

先日の夜とは違って、この体勢ではアスムが積極的に動かなければどうにもならない。

ようやくアスムにも冴島の意図するところが分かったが、覚悟を決めるまでには少し時間が掛かった。

「はっ…ああ…！」

右に左に身体を捩りながら、アスムは冴島のものが内側に入り込んでくる動きに懸命に合わせた。

激痛は一瞬、火のように熱い冴島の男が徐々に痛みを拡散していく。自分たちの身体が一つに溶け合うのが、とても待ち遠しかった。

「そうです…そのまま前後に動かしてみて下さい…ええ、今度は左右に…」

ようやく奥まで到達すると、一拍置いて、アスムはぎこちなく身体を揺らした。アスムの中の狭い熱が、冴島をますます熱く猛《たけ》らせるようだった。

「…あっ…あ…くぅ…ん…っ…」

逞《たくま》しい冴島のものが、淫らな律動を繰り返している。感激が高まるにつれ、アスムは波打たせた身体のバランスを崩し、つい冴島の方に体重を掛けすぎてしまう。

「だ、大丈夫…です…か…っん…あ、の…傷は…？」

アスムはハッとした。ここまできては今更だったが、やはり冴島は重傷の怪我人である。

今の自分の行為が冴島の身体に負担を掛けたかもしれないことを考えると捨て置けない。

「今更そんなことをおっしゃるのは、どのお口ですか？」

快楽に歪んだ男の表情に、どうしようもなくゾクゾクした。一番奥の深い部分がきゅっと狭まって、愛しい男を離すまいと締め上げていく。

「あなたが達く時の顔が忘れられませんでした…あの夜は私にも余裕がなくて…充分拝見することは叶いませんでしたが……今夜は…ああ…よく見えます…もっと私に見せて下さい…私だけが知っているあなたを全部…ッ…う…」

アスムの中が冴島自身の根元から先端までを余すことなく締め上げる歓喜に、冴島が唸った。冴島もじっとしていられないのか、しきりに手を動かして、腰を突き上げてくる。果てしない欲望がどこまでも二人を追い詰め、アスムはもう冴島の身体を心配することができなくなった。

「…そ、んな…こと…ッ…あ、あ、あぁ…んん…」

揺さぶり、突き上げられ、そして昇らされる。バランスを崩しかけたアスムの手を、咄嗟に冴島が捕まえてくれた。

めくるめく紅蓮の炎に全て焼き尽くされていくようだった。彼のセックスは淫らで容赦がなくて、見た目のストイックさを平気で裏切る。

「あっ…あぁ……冴島さん……ッ…冴島さんっ…」

その瞬間、アスムの口をついて出た名前は、紛うことなきこの世で一番愛する男のものだった。

「あなたは、もう私のものになって下さったと自惚れてもいいのでしょうか…？」

その口付けよりも甘い冴島の告白を、アスムは天にも昇るような気持ちで聞いていた。

# エピローグ

別れは案外とあっさりしていた。

ついに帰国する日がやってきて、アスムは空港へ向かう前に冴島の病室を訪ねて、最後の別れを惜しんだ。その時に、六年前のお礼として持ってきていたバブラクの伝統的な織物のテーブルクロスを渡した。

「ありがとうございます。大切にいたします」

冴島は礼を言ってくれたが、それだけだった。

まだ当分退院はできないようで、それだけ重傷だったということだが、もう少し感動的な別れになってもいいのではないかとアスムには不満だった。

あの後も、自分たちは看護師の目を盗み、この病室で何度も肌を合わせたというのに。

「お気を付けて。またいつかお会いできる日を楽しみにしております」

アスムは納得できないものを抱えながら、病室を後にするしかなかった。

想いが通じ合ったと思ったのは、アスムの勘違いだったのだろうか…。

そして、一か月ぶりにバブラクに帰国したアスムは、アラウグループの総帥として、それなりに多忙な毎日を送っているが、心には大きな穴が開いたままだった。

最後に会った冴島は憎たらしいぐらいに、いつも通りの冴島だった。もうこれで会えなくなるかもしれないと思えば、アスムは人目も憚らず泣き出して、冴島に抱きつきたい衝動に駆られたというのに。やはり冴島にとって、自分はその程度の存在でしかないのだろうか。

まだこのバブラクで亡くなった婚約者が忘れられないのだろうか、とか考えれば考える程、アスムは落ち込みそうだった。

あの時ばかりは冴島の澄ました顔が憎たらしくて仕方なかった。

しかし、総帥の立場としてはいつまでも落ち込んでばかりもいられない。

気を張って、総帥室で溜まった書類を処理していくが、少しでも気を抜けば、思い出すのは冴島のことばかりだった。

「殿下、新しい秘書の方がお見えになりました」

その時、ピシットが総帥室のドアを開けて、中に入ってくる。

「はい、もう少し待って下さい」

アスムは素っ気なく言って、残りの書類に目を通していった。

新しい秘書がやってくると言っても、今までの秘書と何ら変わりはない。

ピシットの話によると、物凄く切れ者で優秀だという話だが、余り切れ者すぎても困るのだ。

息が詰まるから。

「何を笑っているのですか？」

ふと顔を上げると、デスクの前に立ったピシットが笑っている。しかも、にこにこではなく、明らかにニヤニヤ笑いだった。

「いえ、別に」

「？　おかしなピシットですね。…ああ、いいですよ。新しい秘書の方を呼んで下さい」

書類はまだまだ片付きそうにないので、先に新しい秘書の男に会うことにした。気乗りはしないが、せっかく来てくれたのに余り待たせるのも気の毒だ。

「えーと、名前は何と言いましたっけ？」

アスムは引き出しを開けて、ごそごそと中を探った。確か新しく秘書になる男の資料がこの辺りに入っていた筈だ。まだ目を通していないが。

「殿下ご自身でお訊ねになったら、如何ですか？」

「え…」

アスムが首を傾げる間もなく、ドアの向こうから涼やかな声が聞こえてきた。

「失礼いたします」

その声を聞くなり、どくんと大きく胸が高鳴った。それは、とても覚えのあるときめきを伴っていた。

「如何でございますか？　腕に縒《よ》りを掛けて選んだつもりですが…もしお気に召さなければ帰

っていただきますが」

ピシットはとても得意げだった。

男がゆっくりと部屋の中に入っている。乱れ一つない髪形、全く歪みのないネクタイ、彼は身だしなみ一つ取っても、どこにも隙がなかった。

「冴島雅人と申します。以前は日本国で外務省に勤めておりましたが、外の世界で自分の力が試したくなって、こちらでお世話になることを決めました」

アスムは溢れる涙で、目の前に立つ男の顔が見えなかった。

「数年前はバブラクに住んでいたこともございますので、きっとお役に立てるのではないかと自負いたしております」

「それだけ…ですか？　外の世界で自分の力が試したくなって、だから…」

アスムは知らず声が震えた。

「まさか…男には本音と建前というものがございます。今のはあくまで建前です」

冴島が微笑んで言った。

「では、本音は？」

アスムの真摯な瞳が冴島を捕えて離さない。夢ではないのだ。今、自分の目の前に冴島がいる。

「皆まで私に言わせるおつもりですか？　殿下は案外と意地悪でございますね」

「さ、冴島さんには負けます」

アスムは負けずに言い返した。もう顔は涙でぐちゃぐちゃだった。

「殿下のお傍に一生いられる仕事は何かとずっと考えておりました。そうしましたら、殿下の秘書となり、そのお役に立てばいい、とそういう結論に落ち着きました」

冴島が皆まで言わない内に、アスムはもうその胸に飛び込んでいた。

ピシットがそっと部屋を出ていったことにも気付かない。

「冴島さん…冴島さん…」

「二人っきりの時は雅人とお呼び下さい、アスム…」

ようやく手に入れた温もりを離すまいと、アスムは冴島に抱きついて離れなかった。

冴島の皺一つなかったスーツが涙に濡れて、皺苦茶になっても、まだ…。

END.

# 殿下の恋人

バブラク王国は人口570万人、東南アジアに位置する絶対君主制国家である。

現国王ズマライ三世には、三人の皇子がいて、正妃が産んだ第一皇子と第二皇子が王政を担当し、日本人の妾妃が産んだ第三皇子は王立の複合企業アラウグループの総帥を務めている。

アラウグループはここ数年で急速に力を伸ばし、バブラク王国の発展に大いに貢献していた。


「殿下、本日は十一時よりアラブよりお越しになっておりますサミーアグループの総帥との面談が入っております。お急ぎ下さい」

「は、はい…すみません」

デスクの上に積み上げられた書類に一々目を通してサインしながら、アスムはちらちらと時計の針に目をやった。デスクの上の書類も午前中に処理しなければいけない分だった。

「殿下、こちらは先程フランスから届いた書類です。英語とバブラク語の、両方で翻訳《ほんやく》してあります」

冴島《さえじま》が新たな書類を、アスムのデスクに置いた。

「あ、ありがとうございます」

フランス語の書類を、バブラク語と英語の両方で即座に翻訳できる人間はそうはいない。間違いなく冴島は優秀な男だ。彼の立てたスケジュールには一分一秒の狂いも許されない。

だが、冴島と違って、アスムは普通の人間なので、少しはゆとりを持って生活したい。冴島だって、バブラクの人々を見習って、のんびり行こうと決めたと言っていたではないか…。それなのに、これでは全く話が違う。

確かに冴島がアスムの秘書となって以来、業務の効率はぐんと上がって、前にも増して業績は右肩上がりに伸びている。

今では、グループの誰もが日本からやってきた冴島の手腕を評価し、彼の言葉に耳を傾《かたむ》けるようになった。しかし、それは言ってみれば、誰もがアスムの言葉より冴島の言葉に従うということにもなって…。

おかげで、アスムは毎日時間に追われる忙しい日々を送っている。

「殿下、のんびりしている時間はございませんよ。食事は十五分以内にお済ませ下さい」

「そんな…僕、食べるの早くないんです」

「日本の格言に、為《な》せば成《な》るという言葉がございます。人が何かを為し遂げようという意思を持って行動すれば、何事も達成に向かうという意味ですが…早い話、やればできるということです」

「そんな…食事ぐらいゆっくり食べさせてくれても…まだデザートも残って」

どうやら冴島は日本の格言や諺《ことわざ》が好きらしく、ことあるごとに持ち出してくる。食事一つに大袈裟ではないかと思ったりもするのだが。

「デザートより、お仕事が大切です」

きっぱり言われてしまえば、アスムに返す言葉はなかった。

冴島も、日本にいる時は、あんなにアスムの体調を気遣ってくれたのに。

バブラクに来てからは、まるで別人のようだった。

そのことを冴島に言うと、

「日本にいらっしゃった時は、殿下はあくまで大切なお客様でしたので」

「で、では、今は？」

「さようでございますね、今は殿下は私の大切なボスでございますから。私の運命はボス次第ですので、ボスである殿下には、これからも頑張っていただきませんと」

まさしくこんな時の冴島は容赦《ようしゃ》がない。実際本当にアスムの身体の具合が悪ければ別だろうが、自慢ではないけれど、ひ弱なように見えてアスムは案外丈夫にできている。滅多に風邪を引くこともなく、何を食べてもお腹を壊すこともない。一晩眠れば、大抵の疲れは飛んでしまう。日本で疲れを見せたのは、あくまで気候の違いに身体が慣れていなかったせいだ。

そのことが冴島にも分かってからは、一層容赦がなかった。

しかし、アスムとしては、せっかく冴島が自分の秘書になって、これからは誰に遠慮することもなく恋人としての時間を過ごせると思ったのに、鬼のような冴島が相手ではなかなか甘い雰囲気になることもなかった。

そもそも二人っきりになれること自体、滅多にない。

考えてみれば、日本であれだけ二人っきりの時間が過ごせたのが奇跡のようなものだ。

ともあれ、冴島に言われるまま、アスムは十五分以内に食事を済ませ、午後からのスケジュールに備えるしかなかった。


「殿下、お疲れ様でございました。後は王宮に戻るだけですので、お寛《くつろ》ぎいただくなり、お休みになるなり、お好きにお過ごし下さい」

ようやく目の回りそうに忙しい一日が終了して、帰りの車の中でアスムはホッと息をついた。

今日は午後から、郊外にあるグループの支社に出向き、会議に出席した。

首都トールヤーライは都会だが、郊外に出ると、まだまだ素朴な田園風景が広がっている。

数年前までは、トールヤーライも似たようなものだった。数年後には、郊外も都市化されるのだろうか。バブラクの美しい自然はできる限り残したいと思っているのだけれど。

「冴島さん？」

後部座席のシートに凭れて、ゆっくりと目を閉じようとしたアスムは隣で冴島が熱心に何かの書類を読みふけっていることに気付いた。

「あの…何を読んでいるのですか？」

「ああ、アメリカの企業から売り込みのあった物件について、です。もしかしたら、乾季《かんき》の水不足を少しでも解消できるのではないかと思いまして」

雨季《うき》と乾季に分かれているバブラクは、乾季の間に水不足に陥ることがしばしばあって、水は貴重な資源なのだ。

「僕にも見せて下さい」

「これはまだ急ぎませんので、お休みになっていても構いませんよ」

「いいんです」

冴島が仕事をしているのに、自分だけ休んでいる訳にはいかない。そうなのだ。バブラクに来てからの冴島を鬼のようだと言ってはいるが、その鬼のような冴島はアスム以上に仕事をしている。

「その貯水槽を用いれば、雨季の間に降る雨を少しでも貯めておけるのではないかと思うのですが」

「でも、各家庭に配備しないと駄目なんですよね」

「ええ。だから、コストの問題が出てきます」

あれやこれやと意見を交わしている間に、海岸線の近くに車が出てきた。

「あの…もし良かったら、少し寄り道しませんか？」

その時、ふとアスムには思いついたことがあって、冴島に提案した。

「？　構いませんが」

アスムは運転手に行き先を告げた。この近くに夕陽が凄く綺麗に見えるビーチがあることを思い出したのだ。機会があったら、いつか冴島と一緒に見たいと思っていた。

しばらく海岸線を走って、到着したそこはとても静かなビーチだった。聞こえてくるのは押し寄せる波の音だけ、他には誰もいない。

最近は高級感のあるビーチも誕生しているが、やはりバブラクのビーチの美しさは手つかずの自然があってこそだ。

「ここは観光客も滅多に来ない、地元民だけが知っている場所なんです」

アスムが靴を脱ぎ、まばゆいばかりの白砂の上を歩いて、海に近付く。まだ夕陽が沈むまでには、少し時間があった。

「危のうございます、殿下」

冴島が慌ててアスムを止める。

「大丈夫です。僕は地元民と同じなんですよ。バブラクの海には慣れています。それに、僕が意外と丈夫だと知ってからは、冴島さんも容赦なく僕をこき使ってくれてますよね？」

アスムが言ってやると、冴島は痛いところを突かれたというような顔をした。

「えい」

ゆっくりと近付いてきた冴島に、アスムは手で掬《すく》った水を思いっきり掛けてやった。透明度の高い海がバブラクの自慢だった。

「やりましたね、殿下…お返しです」

アスムより遥かに大きな手で掬い取られた水が、アスムを直撃する。

「う、わ…」

二人して水の掛け合いをしていたら、すぐにびしょ濡れになってしまった。だが、気温の高いバブラクでは、濡れた服もすぐに乾いてしまう。

しばらくすると、地平線の向こうに夕陽が沈んでいくのが見えた。

「これは素晴らしいですね」

冴島が感嘆の声を上げる。辺り一面がオレンジ色に染まり、そこから徐々に闇の世界へと移り変わっていく。

「いつか冴島さん…雅人《まさと》と一緒に見られたらいいなぁとずっと思っていたんです」

二人っきりの時は、アスムも冴島を名前で呼ぶようになっていた。

「全く…あんまり可愛いことを言わないで下さい。私の我慢が台無しになるじゃありませんか？」

冴島がとても照れくさそうに笑った。

「え、我慢？」

アスムには冴島の言っていることの意味がよく分からない。

「私はこちらでは新参者ですから。一定の成果を上げるまでは、と我慢していたのですよ。そんな私の努力を、殿下はたった一言で無にしてしまわれるのですね」

冴島がアスムを抱き締めてキスする。思いがけず情熱的な口付けに、アスムの方が戸惑ってしまう。

「そうですね、私はもう我慢するのは止めたのでした。これからは、もっと自分の気持ちに素直になりましょうか」

「はい…」

アスムはうっとりと夢見心地で冴島のキスを受けていたが、冴島が自分の気持ちに素直になると、どれだけ恐いことになるかをまだよく分かっていなかった。


今日のスケジュールは終了したが、帰りの車の中で電話が掛かってきて、アラウグループの本社ビルにもう一度顔を出さなければならなくなった。

どうしても今日中にアスムのサインが必要な書類があるらしい。

せっかく良い雰囲気になったところに邪魔が入ってアスムは不服だったが、アスム以上に不服な顔をしているのが冴島だった。明らかに彼は機嫌が悪い時の顔をしている。

ともかくサインをすれば済むのだから…と自分に言い聞かせて、アスムは総帥室に入り、書類に目を通す。ただサインをすればいいと言われても、目を通さずにはサインはできない。

しかも、それは運悪くとても分厚い書類だった。

「終了しましたか？」

しきりに冴島が急かしてくる。

「い、いえ…もう少し…」

アスムも頑張っているのだが、まだ半分ぐらい残っていた。

「もういいです。先に、こちらの用事を済ませてしまいましょう」

冴島がアスムの手にある書類をさっさと取り上げてしまう。と、冴島が身を屈《かが》めたと思いきや、素早くアスムの腰と膝の裏に手を回してきて、気付いたら、アスムは冴島の手により抱き上げられてしまっていた。

「な、何…」

「先に殿下を頂くことに決めましたから、観念《かんねん》して下さい」

突然の成り行きにアスムは抵抗することも忘れて、ただ目の前にある男の端整な顔に魅入っていた。

その間に冴島は総帥室の奥に設置された仮眠用ベッドへとアスムを運ぶ。

忙しい時は、時々このベッドで休むこともあった。

冴島がベッドの上にアスムを下ろし、その上からさっさと覆い被さってくる。上衣を脱ぎ、アスムの身に着けている上衣もさっさと脱がしてしまう。

「さ、冴島さん…何を…だ、誰か入ってきたら…」

「誰も来ませんよ。私が殿下の代わりに当分総帥室には近付かないように言っておきましたから」

いつの間に…と思う間もなく、キスで口を塞《ふさ》がれると、頭がくらくらした。熱い舌が侵入してきたら、抵抗する気が萎《な》えてしまう。

「だ、駄目です…」

それでも何とか冴島を押し返そうとするが、その手に全く力は入っていない。器用な指にあっさりとシャツの裾を引きずり出される。

「私に触れられるのがお好きでしょう…？」

「何を…」

はふぅ…と喘《あえ》ぐような息が漏れた唇の形を、冴島が舌先でなぞってくる。その切れ長の瞳に欲望の火が点り、ぎらぎらしているのが分かった。それを目の当たりにして、アスムもぞくぞくする。

「ほら、正直におっしゃらないと…」

シャツの裾から忍び込んできた手に胸をまさぐられ、アスムは息を飲んだ。その手は決して中心の尖りに触れようとはしないのだ。触れそうなところで止まる。いつもの冴島の手だった。

「あ、や…っ…」

アスムは突起の先がむずむずしてしまい、知らず指を追いかけるように背を浮き上がらせてしまった。

「だったら、きちんと殿下の口からおっしゃって下さい…」

「…ん…好き……」

指先が突起を摘んで、くりくり弄《いじ》ってくる。最初は少し痛いぐらいのそれが段々と気持ち良くなっていく。軽やかなタッチで揉《も》みほぐされると、もっとそこを愛してほしくなるのだ。

「私にこんなことをされるのは…？」

シャツの裾を一気に捲《まく》り上げられ、唇ばかりか鼻も使って顔全体で擦りつけられると、アスムはもうたまらない。

「す、好きですから…もう……」

冴島の口に銜《くわ》えられた時には、もう両方の突起は硬く勃ち上がっていた。それを舌で存分に舐め回してもらうのが好きだった。

「あ…気持ちいい…です……そこを…もっと……」

しかし、こうなると上がる一方の息が啜《すす》り込むようになるまで、冴島は胸を攻めるのを止めてくれない。余りにそこばかり攻められるのも苦しくて、アスムが懇願《こんがん》すると、冴島は涼しい顔で「殿下のご命令ですから」なんて言うのだ。

でも、アスムはもっと他のところも愛してほしいのに。

「……も……許し……」

舌っ足らずな声で何度も何度も哀願して、ようやく許してもらえる。

「……あ…っ……まさ…と………」

アスムの胸や腹のそこやかしこに赤い花を散らせながら、少しずつ冴島の身体が下りていく。いつの間にか、冴島はアスムの身に着けていたシャツを脱がせていて、自らもシャツを脱ぎ、細いがよく鍛えられた見事な体躯でアスムの全てを覆い尽くした。

ズボンのベルトを解いて、アスムのものを刺激してくる手の何と巧《たく》みなことか…。触れ合う素肌と素肌から否応なしに熱い期待が高まる。冴島の手に煽《あお》られて、アスムのものがぐんと重量を増した。

「相変わらずお行儀が悪いですね…アスムのこれはいつも…」

「…そんなこと……言わ…な…いで…ッ」

冴島の愛撫はいつも執拗《しつよう》で、時々意地悪だが、その中にもアスムへの思いやりが溢れているのが感じられる。アスムにはそれが痛い程に分かるのだ。アスムをとことんまで攻め抜いても、決して冴島はアスムへの慈《いつく》しみを忘れない。今、アスムを熱く愛してくれているのは、アスムがこの世で一番愛している男だった。

「でも、私は気にしませんよ。お行儀が悪い方がアスムは可愛いですから…」

アスムの全てを自分で埋め尽くしてやろうとするかのように、冴島はその肌の隅々にまで唇を押し当ててくる。アスムの全てに触れようとしてくれているのが嬉しかった。

冴島の鼓動とアスムの鼓動が混じり合い、酷《ひど》く心地良い時間を刻んでいる。熱くて、淫《みだ》らな…えもいわれぬ瞬間…。

「え…」

不意に冴島の熱い身体が離れたのを訝《いぶか》しく思って、アスムはうっすらと目を開けた。次の瞬間、身体を裏返しにされてハッとする。目の前にぼんやりと見えているのはシーツの海、愛しい男の顔ではなかった。

汗が浮かび上がった背に冴島が唇を這わせてくる。胸を抱えるように前に回された指が、こりこりした感触の突起をしきりに弄った。

背中をするすると滑《すべ》っていく弾力のある唇の感触に、アスムの背はぞくりと震えた。身体をくねらせ、アスムは冴島の与える愛撫に甘く熱っぽく応える。

「…だめ…です……そん、な……」

しまいにアスムの背を伝い下りた唇が柔らかな尻に辿り着く。下着ごとズボンを引きずり下ろされ、狭間に沿って息を吹き掛けられる。

冴島の手がたわむ二つの膨らみを掻き分け、その狭間に息づく蕾にそっと唇を寄せる。

「やめ……っ」

アスムは激しく息を漏らした。相手がどんなに愛している男でも、こんな腰だけを高く突き上げた格好で恥ずかしい場所をあからさまにされて、平気でいられる訳がない。

「どうしてですか？　アスムのここ、凄く綺麗ですよ…」

うつ伏せにされたまま、アスムは肘に力を入れて、自分の身体を支えようとした。

「まさ…と…ッ……んっ…ん…」

剝き出しになったそこを唇で探り、更にぬめった舌が暴き立てていく。思わず逃げようとしたアスムの腰を、冴島はしっかりと押さえ込んでいて逃がさなかった。汗でじっとりと濡れた太股と太股の間を指で擦り上げられ、アスムはもどかしく上半身を悶《もだ》えさせる。

「……まさ…まさ…と…っ……あっ…だ、め……そこ……だめ……」

淫らな欲望が確実にアスムの中を支配していく。繰り返し冴島の名を呼ぶアスムの声には明らかに求めるような響きが含まれていた。熱い冴島が欲しいのだ。アスムよりももっと熱い冴島が欲しくてたまらない。

「どうしたのですか？　アスム…」

だが、あえて冴島は気付かないフリでアスムを焦らしてくる。ぬめりを帯びた肉襞を指の腹でなぞり、ひくつく秘腔の入口付近をちろちろと舌先でくすぐるだけだ。

「ひど…ッ」

こんな時は何て酷い男だろうと思う。いつもはあんなに優しいのに。

「言って下さい、アスム…どうしてほしいのか…アスムの口から聞きたいです…」

「…んっ…んぐ…っ……」

だが、口の中に唾液が溢れて、アスムは上手く喋れなかった。そこを辿る舌の熱さ、淫らな動きにすでに狂わされている。

「強情ですね…」

何も言わないアスムに焦れて、冴島が尚もアスムのそこを攻め続ける。強く吸われ、今まで何とか身体を支えていたアスムの肘がとうとう折れた。アスムの身体がぐったりと前のめりに突っ伏して動かなくなると、冴島がようやくアスムのそこから顔を上げた。

「大丈夫ですか？　すみません…悪乗りしすぎましたね」

冴島が改めてアスムの背から伸し掛かってきて、アスムの身体を背後からそっと抱き締めてくれる。

冴島の下でアスムがもぞもぞ動くと、冴島がふと身体を浮かす。その途端、アスムは冴島の方にくるりと身体を反転させた。涙のいっぱい溜まった目で睨み、ついでに下方に伸ばした手で冴島のものを闇雲に力を込めて握り締めてやる。そもそも冴島のものだって、さっきからアスムを求めて止まないことは肌の先から伝わってくる熱気からも明白だった。

「…ッ…何をするのですかッ、アスム」

冴島が小さく呻《うめ》く。

「雅人の…行儀の悪さを教えてあげたんです…行儀が悪いのは、僕だけじゃありません」

アスムだって、いつもいつも冴島にやり込められているだけではない。少しは成長しているのだ。

「まぁ、いいです。私のものが駄目になったら、アスムに一生責任を取ってもらいますから」

冴島に反省する様子は全くなかった。熱い囁《ささや》きと共にくるくると円を描くように滑らかな傾を滑っていた舌先が耳腔に差し込まれる。

「な、何を言って…」

一生という言葉に、どきどきした。

「OKですか？」

ぴちょぴちょと耳の内側で跳ねる蜜の音が電波のように伝わって、アスムは右に左に身体をくねらせた。これだから、アスムは冴島に弱いのだ。いや、すでに完全な敗北が未来永劫決まっている。

「そろそろ中に入ってもいいですか？　さっきから私のものが限界なのは、アスムもよく分かっていると思いますが」

熱く猛った冴島のものは爆発寸前だった。そこからの熱がついにアスムを圧倒する。

アスムの了解を得る前に、冴島はアスムの身体の脇に手を突くと侵入の体勢に入った。

その拍子に熱い肌が僅かに離れて、アスムの中を言いようのない焦燥感が駆け抜けていく。

再びゆっくりと熱い肌が重ねられた瞬間、アスムは酷く安堵している自分に気付いた。

「…早く…」

冴島の首に手を回して、アスムは自ら口付けた。離れられないのは、きっともうお互い様なのだ。

「…了解です」

ちゅと軽くキスを返して、冴島が笑う。まるで小さな子供が宝物を手に入れた時のような笑顔だった。バブラクに来て以来、冴島は時々このような笑顔を見せてくれるようになった。

「…ッ…！」

冴島がゆっくりとアスムの足を抱え上げる。ぎりっと唇を嚙み締めて、アスムの手が落ちた。

アスムがシーツを握り締めたことに気付いた冴島が少し動きを止め、はにかむように言う。

「しがみつく場所が違いますよ…」

「あ…」

アスムの手を自分の背に導き、冴島が腰を進める。アスムの身体を強く抱き締めながら、一気に刺し貫《つらぬ》いてきた。

「あっ…！　つ…ぅ…」

貫かれる瞬間の激痛に、アスムの顔は歪《ゆが》んだ。内を擦る冴島のものが物凄い存在感を伴って、アスムの中を突き進んでくる。冴島にしがみつくアスムの手に、力が込められた。

「少しだけ…我慢して下さい…」

自分自身がアスムの中に馴染むまで歯を食いしばって堪え、それからゆっくりと冴島が腰を使う。初めはゆっくりと、そしてそれは段々に速くなっていく。

冴島が腰を突き入れる度に、ずうんと重い痺《しび》れがアスムの奥を串刺しにする。激痛が気持ち良い痛みに掏り替わり、いつしか苦痛はどこかへと追いやられて、代わりに泣きたくなるような切ない疼《うず》きが芽生えてくる。明らかに痛みではない、何か。もっと欲しくてたまらない何か。もっと奥まで、強く深く…。

「アスム……アスム……良い、ですか…？」

冴島がアスムの髪を優しく撫で、何度も啄《ついば》むように口付けてくる。アスムは固く閉じていた目をゆるゆると開けた。

「…あなたの中…凄く気持ち良いです…やっぱり最高です……」

冴島が腰をグラインドさせ、ざわめく柔襞《やわひだ》の中で抽送を繰り返す。アスムの中の締めつけがきつくなり、冴島のものをしっかりと銜え込んだ。心地良い胸の高まりに、冴島も熱い声を上げている。

「…僕だって…気持ち良くて…どうにかなりそうです……はぅ…ん…っ」

胸にくっつくぐらい膝を曲げられ、その拍子に冴島のものが更に深く入り込んでくる。何度か深いところをえぐられ、そこからアスムは目眩《めまい》がするような強烈な歓喜が広がっていくのを感じた。

「…だめ…です……だめ……あ、あ…ああっ…ん……」

言葉とは裏腹にかなりリラックスした声を上げるようになったアスムに満足したのか、冴島がしきりに手を動かして、波打つ肌をあちこちまさぐり、汗で艶《つや》やかに光る肌に幾度となく口付けを落としてきた。

「もっと見せて下さい…私だけが知っているアスムを…バブラクの皇子ではない、あなたを…」

「まさ……雅人…ッ」

冴島の熱いものが、アスムのそこにとどめを刺した。二人の熱がアスムを狂わせ、中心にどうしようもない悦びを突き上げる。冴島にしがみついたまま、アスムは下半身を痙攣《けいれん》させた。アスムの中にある冴島の男と、腹と腹の間で擦られていたアスムのものが同時に欲望を吐き出す。

身体の芯から胸の内側、目の裏にまで快楽の波が染み渡る。自分を投げ出し、恥ずかしさも何もかも忘れて、二人は愛しい者と熱を分かち合う行為に没頭した。

「アスム…愛しています…」

この時アスムの全ては冴島のものだった。そして、冴島の全てもまたアスムのものに違いない。

「…僕も…愛してます…」

二人は固く抱き合い、何度も何度も口付けを交わした。

今頃、総帥室の向こうのフロアでは、冴島とアスムがやってくるのをまだかまだかと待ちかねている重役たちがいることを、二人はすっかり忘れている。

いや、おそらく冴島は覚えているかもしれないが、彼お得意のお惚《とぼ》けで、知らないフリをしていた。

END.

# あとがき

こんにちはの方も、はじめましての方も、「殿下の初恋」をお手に取って下さって、ありがとうございます。葉月宮子《はづきみやこ》です。ローズキー文庫として出していただくのは初めてなので、ちょっとドキドキしてます。何事もお初はどきどきするということでしょうか(笑)

今回は王子様ものということで、萌えツボど真ん中ストライクという感じなんですけど(笑)受が王子様というのは、実は書くのは初めてです。攻が王子様というのは定番中の定番ですので、私も何本か書いたことがあるのですが。このお話を考えたのが、ちょうど私の萌え職業(というのがあるんです、私の中に(笑)ベスト10の中に、外交官が赤丸急上昇で入ってきていた時期なので(笑)外交官のお相手だと、やっぱり王子様がいいなぁという結論に達しました。で、最終的に、このようなお話になった訳ですが、読んで下さった方は如何だったでしょうか？　私はとても楽しく書かせていただきました。読んで下さった方にも楽しんでいただけるお話になっているといいのですけど。

好きな子を苛めるタイプの攻はこれまた大好物中の大好物なのですが、その場合、苛めるのは素直でない受の方が楽しいかなとも思ったのですけど、今回のアスムのようなタイプも、これはこれで楽しいなぁと嬉々として苛めさせていただきました。はい、冴島《さえじま》以上にアスムを苛

めるのに嬉々としていたのは、何を隠そう書いていた私です（笑）
今回、タイトルに苦戦して（いつものことと言えば、いつものことなんですが（苦笑））実は「殿下の初恋」は一番最初に思いついたタイトルだったのですが、余りにシンプルすぎるので（自分で言うのも何ですが（笑））なかなか言い出せず、他にないかな…とずっと考えていて、「殿下の初恋」以外にも幾つか思いついたところで、担当様にお伺いを立てたところ、意外にも「殿下の初恋」にＯＫが出て、私が一番びっくりしてます（笑）
イラストを描いて下さったタカツキノボル様、お忙しいところありがとうございました。以前より、いつか挿絵を描いていただけたらいいなぁ…とずっと願っておりましたので、念願叶って嬉しいです。冴島もアスムも、とっても素敵で、今から出来上がりが楽しみでなりません。
担当のＯ様には、今回もお世話になりました。いつも私の書きたいネタに賛同して下さるＯ様は女神様のようです。またおススメのゲームなど教えて下さい。私は最近は乙ゲーよりＲＰＧにハマってます。
それでは、ここまで読んで下さって、ありがとうございました。またお会いできることを切に願っております。

http://www.kyoto.zaq.ne.jp/dkbpx504/index.htm

BUNKO

ローズキー文庫をお買い上げいただきましてありがとうございます。
この本を読んだご意見、ご感想をお寄せ下さい。

〒162-0814
東京都新宿区新小川町8－7
㈱ブライト出版　ローズキー文庫編集部
「葉月宮子先生」係　／　「タカツキノボル先生」係

# 殿下の初恋

2012年4月30日　初版発行

†著者†
葉月宮子


†発行人†
柏木浩樹

†発行元†
株式会社　ブライト出版
〒 162-0813　東京都新宿区東五軒町3－6

†Tel†
03-5225-9621
（営業）

†HP†
http://www.brite.co.jp

†印刷所†
株式会社誠晃印刷



ISBN978-4-86123-250-3 C0193　Printed in JAPAN